De vliegfiets

Pieter Toussaint bij Uitgeverij Cossee

De brief

Pieter Toussaint
De vliegfiets

Cossee
Amsterdam

ISBN 90 5936 104 0 | NUR 301

DEEL EEN

De bijbel

I

Ik heb maar één foto van ons beiden. Wij samen in een klein opblaasbadje. Mijn vader is op de grond gaan liggen om de foto te nemen. Het geeft je als kijker het gevoel dat je over de rand heen gluurt. Onze hoofden met natte plakharen steken er net boven uit. Twee jonge vogels in hun nest. Een grap die door Vincent was bedacht. Boven mijn hoofd zweeft zijn rechterhand, klaar om mij terug te duwen. Vincent de regisseur, zoals altijd.

Zo nu en dan pak ik de foto uit het laatje waarin ik hem heb weggestopt, en leg hem voor mij op tafel. Ik probeer onze lach te doorgronden. Mijn mond is minder ver geopend dan de zijne. Bij hem zie je bijna al zijn tanden, boven en onder. Bij mij is het slechts een witte streep tussen mijn lippen. Hij zegt wellicht iets op het moment dat de sluiter zich opent. Zijn ogen zijn groter. Hij houdt mijn vader in de gaten of die de grap wel uitvoert zoals bedoeld. Ik lach zonder plezier te hebben, dat is mij in de afgelopen jaren wel duidelijk geworden.

De ochtend van het besluit heb ik de foto er ook weer bij gepakt. Zo'n ochtend dat je in het grauwe schemerlicht wakker wordt, klam en in de war. Ik dacht een stem te hebben gehoord, een knal misschien, of mogelijk had een lichtflits me wakker gemaakt. Buiten op straat was het stil. Uitgestorven. De struiken aan de overkant bewogen in de wind. Het was de enige beweging die het oranje licht van de straatlampen liet zien. Ik dronk een glas water bij de wastafel en bekeek mijn gezicht in het TL-licht. Wit – de neus die vooruit stak, mijn huid als de schil van een sinaasappel overdekt met putjes. Toen herinnerde ik mij de droom.

Vincent en ik staan weer in de tuin. Midden op het grasveld dat in een scherpe bocht omhoogkruipt tegen de dijk waartegen het huis is aangebouwd. De zon, de wind. Ik moet mijn ogen dichtknijpen. Vincent buigt zich voorover. Zijn haar waait op in de wind.

Het beeld dat de droom aan mij opdrong was dat van een sacraal moment. De tuin die zich strekt, het huis dat zich terugtrekt in onverklaarbare schaduwen. Alleen wij groeien. Vincent benoemt onderdelen van één van onze knutsels, als in een mantra. Herhaling die zich ook heeft vastgezet in zijn bewegingen. Ik wil iets zeggen, en probeer dichter naar hem toe te gaan. We raken steeds verder uit elkaar.

'Alles volgens tekening en in de juiste maten.'

Ik hoor weer zijn stem, zoals zo dikwijls in mijn dromen. Triomfantelijk, maar ook gespannen.

'Heb je alles nagerekend?'

Alles nagerekend. Ik was de rekenmeester, Vincent de handwerker. Ik bewonderde zijn vindingrijkheid, zijn handigheid. Hoe hij gedachten – getallen en formules – tot leven wekte, tot tastbare werkelijkheid maakte. Ik kon, en kan, nog geen moer op een bout draaien, maar ik kon wel wat uitrekenen. De werkelijkheid voorspellen in maat en getal. Dat was mijn kunstje. Daar bewonderde Vincent mij om, hoopte ik.

Ik breng mijn gezicht dicht bij het zijne om hem mijn berekeningen uit te leggen. Hij wijkt achteruit. Als ik mijn hand uitstrek, wijkt zijn lichaam, alsof het vloeibaar is. Mijn stemgeluid waait terug in mijn eigen gezicht. Ik blijf ongehoord, onopgemerkt.

Dat is het moment waarop ik doorgaans wakker wordt. Zo ook die ochtend. Ik zweette en voelde me opgejaagd. Vervuld van een bang voorgevoel, de schaduw van een gebeurtenis die meer dan tien jaar geleden plaatsvond.

Even later zat ik achter mijn bureau. Mijn wereld gevangen in de lichtkegel van de bureaulamp. Veel meer dan de boeken, de papieren, mijn PC – kortom, de rotzooi waarmee mijn bureau is overdekt – heb ik niet. Nou ja, die foto dan. Die lag voor me, in het centrum van mijn miniuniversum. De twee lachende koppen keken mij aan. De één hoopvol, de ander volgzaam. Op de achtergrond de vage en rafelige contouren van de bomen waardoor het vakantiehuisje was omringd.

We waren op vakantie in Drenthe. Het was een warme zomer, waarin de hete dagen zich 's nachts leken schuil te houden tussen de bomen van de omliggende bossen, om er 's ochtends weer uit tevoorschijn te komen. Het koelde niet af. Ik lag in bed zonder pyjama en zonder deken. Zwetend en klam. Mijn ouders sliepen ook niet. Ik hoorde hun stemmen tot ver na middernacht fluisteren tussen de bomen. Ik zag hun donkere silhouetten in de tuin als ik uit het slaapkamerraam keek. De enige die van de hitte geen last leek te hebben, was Vincent. Hij sliep en was overdag vol energie.

Het was de vakantie waarin we het bouwen ontdekten, het samen iets bouwen, welteverstaan. We bouwden hutten tussen de bomen. Ik tekende de ontwerpen aan een tafeltje op het terras, dat door de schaduw de suggestie van koelte wekte. Vreemde bouwsels die met dikke lijnen in het papier waren gekrast. Daarnaast de aantallen van de boomstammetjes die ik dacht nodig te hebben, vaak met de vereiste lengtes erbij. Die getallen noemde ik gewichtig mijn 'berekeningen'. Intussen rende Vincent heen en weer tussen onze bouwplek in het bos en het terras. Hij wierp een blik op mijn tekening en was alweer weg. Het was voor hem geen bouwplan, maar een idee. Het inspireerde hem om de hut te bouwen die ik later op de dag bewonderde en die in niets leek op wat ik had getekend.

Deze rolverdeling bestendigde zich in de jaren daarna. Ik was de denker die met tekeningen en formules mijn gedachten uitdrukte, Vincent de doener die deze gedachten gebruikte om iets te maken. Het duurde lang eer ik begreep dat hij mij nodig had. Zonder mijn schetsen en berekeningen kon hij niet beginnen. Ik was zijn aanjager. Weer later begreep ik dat ik daarnaast ook zijn borging was. Behendig en vaak nauwelijks merkbaar, liet hij zijn handigheid beteugelen door mijn plannen. Hij vertrouwde op mijn ontwerpen, op mijn berekeningen, wat overigens minder mijn verdienste was dan een gevolg van onze opvoeding.

Mijn vader had onze constructiedrift vanaf het begin aangemoedigd, aanvankelijk zonder schijnbaar in de aard van de bezigheid geïnteresseerd te zijn. Zijn enthousiasme was oppervlakkig, zoals bij zoveel ouders die hun kind ergens in aanmoedigen. Later kon hij zijn betrokkenheid niet meer onderdrukken. Hij wilde details weten, vroeg ons honderduit en wond zich op over verkeerde ontwerpbeslissingen.

Wij werkten vaak in de garage onder het huis. Bij mooi weer was de schuifdeur opengeschoven en verdween de muziek uit een oude radio van Vincent tussen de hoge bomen naast het huis. Altijd kwam mijn vader binnen, onaangekondigd maar verwacht. Hij keek even naar Vincent die onverstoorbaar doorknutselde, en liep dan naar de bouwtekeningen die we tegen de muur geplakt hadden. De manier waarop hij zijn bril op zijn voorhoofd schoof en zijn hoofd vooruit stak. Altijd hetzelfde ritueel. Langdurig bestudeerde hij mijn krabbels, kromme lijnen en cijfers. Steevast keerde hij dan mompelend bij ons terug. Hoofdschuddend, vaak.

'Leuk bedacht, dat wel, maar dat kan natuurlijk nooit werken.'

In het begin richtte Vincent zich op na zo'n opmerking.

Ik zag de woede in zijn ogen, zijn trillende mondhoek. Later lachte hij erom. Demonstratief luid.

'Aha, daar hebben we opa Einstein weer.'

Maar dat was later, toen we ons al ver verheven voelden boven onze vader en zijn bijbel. In het begin keken we nog tegen hem op, zeker na die middag waarop hij ons deelgenoot had gemaakt van het geheim dat hij in zijn werkkamer verborgen hield.

We waren aan het voetballen op het langwerpige stuk gras dat zich voor ons ouderlijk huis uitstrekte. Ik had twee keer achtereen gescoord, wat Vincent merkbaar dwarszat. Hij werd feller in zijn spel, speelde meer en meer op de man in plaats van op de bal. Net nadat hij mij had neergelegd zonder dat de bal in de buurt was, riep mijn vader ons. Hij stond in de deur die uitkwam op de tuin en toegang bood tot zijn werkkamer. Hij zag er plechtig uit. Vincent vloekte, ik bekeek mijn knie die een schaafwond liet zien waarvan de groeven zich langzaam vulden met bloed. Mijn vader riep nogmaals, dwingender. We liepen naar de deur, ik hinkte licht.

De werkkamer was gevuld met lucht waarin de geur van sigarettenrook werd gemengd met die van oud papier. Die geur is voor mij altijd verbonden gebleven met iets gewichtigs. Ik zoek het nog steeds in bibliotheken, maar er mag nergens meer worden gerookt, behalve op straat.

Die geur stemde ons plechtig, zodra we de kamer binnengingen. Ik zag in Vincents rug die zich rechtte hoe hij zijn tegenzin verloor. Ik ging voorzichtig zitten op een van de stoelen die mijn vader voor zijn bureau had geschoven. Mijn vader deed de deur dicht en liep op ons toe. Halverwege stopte hij en draaide naar de boekenkast. Hij bleef staan voor de volgepakte kast en zocht iets. Zijn rechterhand gleed langs de banden. Zo nu en dan trok hij er een naar voren om hem direct weer terug te duwen.

'Wat een kennis staat hier weggestouwd. En dan te bedenken dat het nog maar een fractie is van alles wat in de loop der tijd is geboekstaafd. Soms word ik er moedeloos van.'

Hij liep nu snel naar het bureau en ging in de oude draaistoel zitten, met zijn rug naar de deur en het raam dat uitzicht bood op de tuin. Ik zag de bal, midden op het grasveld.

'Jullie zijn kleine ingenieurs in spé. Ik heb het gezien. Jullie knutselen niet zomaar wat voor de kat z'n kont weg, maar jullie ontwerpen eerst wat je wilt maken. Ik mag dat wel. Het toont diepgang. Ondanks dat jullie gepruts natuurlijk nog erg onbeholpen is.'

Hij stond weer op, liep naar het raam en keek naar de tuin. Naar de bal wellicht, die zachtjes wegrolde in de wind. Zijn rug bolde, als bij een kat die op zijn hoede is. Uit de borstzak van zijn overhemd haalde hij een bruinkleurig sigarettenpakje. Even later kringelde blauwe rook omhoog, die in een langgerekte sliert de kamer werd ingezogen.

'En, hoe moet het nu verder? Maar wat aanklooien en uiteindelijk aan een teveel aan goede bedoelingen ten onder gaan? Of is het tijd voor onderricht en vorming?'

Hij lachte, verslikte zich in de rook en hoestte, met zijn rechterhand steun zoekend tegen de deurpost. Toen hij zich omdraaide was zijn gezicht rood en grauw tegelijk, maar hij lachte breed.

'Ik heb hier de nodige denkkracht aan verspild, dat kan ik jullie wel zeggen, maar ik ben eruit. Het is tijd, jongens, het is tijd.'

Van een van de boekenplanken pakte hij een grote map. De kaft was zwartgroen gewolkt en werd aan de zijkanten bijeengehouden door zwarte veters, die in een strik waren samengebonden. Mijn vader legde de map op het bureau, voorzichtig. Zijn bril vouwde hij plechtig dicht en legde die aan de rand van het bureau, de glazen naar ons toegekeerd. In de weerspiegeling zag ik ons zitten, breed uitgetrokken over het bollende glas. We hielden ons stil. Van buiten drongen geluiden door: een toeterende auto; een schreeuw; het geblaf van een hond. Tekens van een leven dat opeens mijlen ver weg leek.

Hij opende de map en keek ons strak aan. Vincent schoot in de lach, maar mijn vaders blik veranderde niet. Ik hoorde de voetstappen van mijn moeder boven ons hoofd. Haar stem, ze zong, maar ik durfde niet omhoog te kijken. Mijn blik bleef strak gericht op de opengeslagen map en de stapel vergeelde papieren die opbolden.

'Dit is mijn bijbel, jongens. Geen oeverloos gelul, maar de diepste gedachten uitgedrukt op de meest ingenieuze manier die de mensheid ooit heeft bedacht.'

Hij stak één van de papieren in de lucht.

'Uitgedrukt in lijnen en cijfers. Woorden zijn niet nodig.'

Hij hield een tekening omhoog. Een ontwerp van iets dat op een brug leek, maar ook een kathedraal of een voertuig had kunnen zijn. De lijnen kronkelden over het gele papier, hier en daar overdekt met priegelige cijfertjes.

'Dit is het levenswerk van mijn vader. Allemaal ontwerpen van constructies, apparaten, machines, die zelfs onze tijd nog ver vooruit zijn. En dat terwijl hij ze tekende in de eerste jaren na mijn geboorte, aan het einde van de jaren twintig. Hij was geen geleerde, had niet eens de lagere school afgemaakt, geloof ik. Geen van de boeken hier in deze kamer was bij hem in huis te vinden. Geen enkel boek, trouwens. Hij was onderhoudsmonteur bij de Tramweg Maatschappij in Friesland. Losse stukken rails weer vastmaken, nieuwe trajecten aanleggen, en soms, bij wijze van hoogtepunt, mocht hij aan één van de locomotieven knutselen. Toch was hij hiertoe in staat, 's avonds, na zo'n dag zwoegen. Alleen daarom al verdient hij een monument!'

Hij bladerde door de papieren en leek ons te zijn vergeten. Hij mompelde. Vincent zuchtte en ik keek naar mijn geschaafde knie. Het bloed in de groeven was gestold. Kleine korreltjes lagen als edelsteentjes achter elkaar.

'Ik wil dat het ook jullie bijbel wordt. Vergeet al die boeken hier om mij heen. Als jullie iets willen leren van het ontwerpen, dan moet je hier zijn, bij deze tekeningen. De bron van alle kennis.'

Hij stak zijn wijsvinger in de lucht en keek ons ernstig aan. Ik probeerde mijn angst te verbergen achter een glimlach, maar dat mislukte. Ik keek opzij naar Vincent in de hoop dat hij de zaak luchtig zou opvatten, een gekke bek zou trekken. Maar Vincent keek naar de grond, zijn gezicht strak, bleek zelfs. Hij was wellicht banger dan ik.

'Wij spreken het volgende af. Jullie hebben toegang tot de bijbel, die ik daar in de kast leg,' – hij wees op een lege plank, 'en die jullie mogen inkijken wanneer jullie willen. Maar, ik eis dat iedere tekening netjes wordt teruggelegd na bestudering. Dus niks meenemen naar de garage, of jullie kamers. Als er iets uit deze map kwijtraakt, of beschadigd wordt, kunnen jullie mij maar beter niet meer tegenkomen. Ik zeg het maar vast.'

Zijn vinger zakte terug en in één beweging sloot hij de map.

'Zo, ga maar weer voetballen.'

2

In de weken daarna werd de bijbel het middelpunt van ons bestaan. Langzaamaan. We spraken erover, eerst in bijzinnen en vage toespelingen, later onverbloemd. Zo vaak we konden, gingen we naar de werkkamer en bekeken de inhoud van de map met tekeningen.

'Het is wel duidelijk dat jij met dat tekenen maar wat aanklooit.'

Vincent gebruikte de woorden van mijn vader. We bestudeerden de krabbels. Exegese was een betere omschrijving. Iedere lijn, ieder cijfer werd beschouwd als een waarheid die wij moesten ontdekken. Ik tekende de lijnen over, krabbelde er de cijfers bij, en nam de kopieën mee naar mijn kamer om alles na te rekenen. Ik rekenende net zolang tot het klopte. Het móest kloppen, en uiteindelijk kreeg ik het ook kloppend. Vaak leek het ontwerp waar ik al rekenend op uitkwam niet helemaal op de krullige tekeningen van mijn opa, maar toch, ze bleven de bron, de oorsprong van de gedachte.

De bijbel bevatte voornamelijk onmaakbaarheid. Een brug die de Noordzee overspande en in een hoge boog van de Nederlandse naar de Engelse kust reikte. We bouwden er een model van, dat nog jaren in mijn slaapkamer heeft gestaan. Of een serie van zes wolkenkrabbers (72 verdiepingen hoog), waartussen om de vijf verdiepingen een stevig net gespannen was, waarop een tuin, klein bosje en een meertje was gecreëerd. De aarde opgetild naar de hemel. Van karton, kippengaas en plakkerige modder knutselden we iets in elkaar. In het ontwerp was een aantal spiegels opgenomen, die bij wijze van mimicry van de zon de hangende tuinen verlichtten. We hadden een toilettafelspiegel van mijn moeder te pakken gekregen, de spiegel uit zijn gepatineerde omhulsel gedrukt en aan stukken geslagen. Deze kleine stukjes spiegelglas monteerden we op de hoeken van iedere hangende tuin. Als ik in de stikdonkere garage de drie bureaulampen ontstak, was het effect spookachtig. De hangende meertjes die glinsterend oplichtten, de glimmende modder in het licht dat van vier hoeken kwam. En de figuurtjes en takjes die wij in de modder hadden gedrukt en die in het licht vijf of zes keer zo groot werden. Ik hield ervan. Ik lag zo lang naar deze miniatuurwereld te kijken dat ik er in verdween. Pas toen Vincent de knipperende TL-buizen aandeed, was ik weer terug in het werkelijke leven.

Een bijzonder ontwerp in de map, was de onderwaterkamer. Ik kende Jules Verne, en betichtte mijn grootvader van plagiaat, maar zijn bedoeling was bescheidener. Moddersloten en plasjes, daarin wilde hij ondergaan. Vincent en ik hadden *Het malle ding van bobbistiek* gelezen en waren blij verrast dat onze grootvader een soortgelijk recept voor de buitenwand gaf. Niks metaal of beton, maar een mengsel dat voornamelijk bestond uit klei en kleverige componenten.

Op de zolder van de boerderij van een vriendje, vonden we een zinken wasteil die we mochten meenemen. Dit werd onze reageerbuis. Met de plechtigheid van een chemicus deden we ingrediënten in de teil. Het meeste was alledaagse rommel, op één toevoeging na. Dit had Vincent weten te krijgen via een vriend, de zoon van een scheikundeleraar. Het spul was paars van kleur en korrelig. Toen we het in de teil gooiden, begon de inhoud te borrelen alsof eronder een vuur was aangestoken. Het brouwsel verschoot van kleur en stolde plotseling. We schepten de drab eruit en smeerden het tegen de vorm die we met behulp van kippengaas hadden opgespannen. Het werd hard voordat we goed en wel uitgestreken waren, zodat er een ruw oppervlak met scherpe punten ontstond. Vincent juichte.

Hij liet zich zakken in het gat dat we hadden uitgespaard in het pompoenvormige dak. Ik sloot het bouwwerk af met de deksel, die zich met een grote vleugelmoer tegen de romp aandrukte. Een rubberring moest ervoor zorgen dat er geen water naar binnenliep. Twee ronde gaten, afgedekt met stevig plexiglas, fungeerden als ramen.

In de sloot voor ons huis vond de tewaterlating plaats. Een grijze dag, ik vormde het publiek. Vincent gooide een bierflesje stuk tegen de bolle buitenkant van de onderwaterkamer, die op de steiger lag. Schuimend droop het gele vocht langs de paarse buitenkant, donkere plekken makend op het tropisch hardhout waarvan de steiger was gemaakt. Toen Vincent in het gevaarte zat en zijn duim had opgestoken achter het wazige plexiglazen raampje, moest ik het ding de sloot in duwen. Het landde op het water en draaide wat rond. Ik zag Vincents verbaasde en angstige gezicht achter het plexiglas, maar voor ik het wist lag de onderwaterkamer weer op zijn buik en begon langzaam te zinken, als gevolg van de zandzakken die wij aan de onderzijde hadden vastgemaakt. Hij drukte zijn lippen tegen het plexiglas net voordat hij onder de waterspiegel verdween.

Het wateroppervlak sloot zich met een lichte rimpeling. Het was alsof de onderwaterkamer was opgenomen in het vloeibare lichaam dat zich uitstrekte tussen de twee dijken. Stilte. Een meeuw die krijste, een vis die opsprong en de hond van de buren die aansloeg. Vincent was verdronken in de grijze lucht die weerspiegelde in het wiebelende water. Ik zat op de steiger en staarde maar wat naar dat grijze kabbelen, wachtend tot het ding weer zou bovenkomen. Plotseling dook Vincent proestend op. Zonder onderwaterkamer. Alleen zijn natte hoofd en in zijn rechterhand een zoetwateroester, omhooggestoken alsof hij een schat had gevonden.

De onderwaterkamer ligt er nog. Overdekt door schelp-dieren die over de stekelige huid kruipen. Schommelend, zo stel ik me haar voor, op de onderstroom, en achter plexiglas het lachende gezicht van Vincent. Voor altijd.

Na dit project hielden we ons een tijdje gedeisd. Mijn vader had niets gemerkt, godzijdank. Maar het leek alsof Vincent het plezier in onze knutseldrift was verloren. Het was ge-vaarlijk, en hij had het gevaar geproefd.

Als ik hem vroeg mee te gaan naar de werkkamer, haalde hij zijn schouders op, mompelde wat en ging verder met wat hij aan het doen was. Meestal was dat niks. Hij slenterde door het huis, lag op zijn bed of zat op het terras met school-vrienden en -vriendinnetjes. Het gemak waarmee hij met ie-dereen omging, en de drammerigheid waarmee de anderen in zijn nabijheid probeerden te komen, verbaasden me. Soms zaten er tien of vijftien leeftijdgenoten bij ons in huis, of bui-ten, met Vincent als middelpunt. Ik herkende zelfs klasge-noten van mijzelf, die mij nooit aankeken, laat staan dat ze bij me thuis wilden komen. Pas toen ze ontdekten dat Vin-cent mijn broer was, staken ze op het schoolplein hun hand naar me op en begonnen stroeve gesprekjes.

Hun aanwezigheid boeide me nooit. Zoals Vincent zijn verveling dragelijk leek te maken door haar te delen met an-deren, zo liet ik haar liever tot haar volle recht komen in de eenzaamheid van mijn slaapkamer. Bij de muziek van een plaat van Leonard Cohen, probeerde ik een in het Engels ver-taald boek van een Russische meteoroloog te lezen. Op een vernuftige manier verstopte de auteur de wind, de regen, de kou en de zachte warmte van een zomerdag achter crypti-sche formules en voor mij onbegrijpelijk Engels. Elke avond nam ik vijf bladzijden tot mij, in de volle overtuiging dat dit lijden me tot een beter mens zou maken, zoals anderen gaan hardlopen of zich honderd keer opdrukken.

Ik was Vincent kwijt. Dit werd me duidelijk toen ik op een avond zijn kamer binnenkwam om een oude ontwerptekening van mezelf te zoeken. Ik dacht dat Vincent niet thuis was en liep in gedachten verzonken, zoals dat heet, zijn kamer binnen, die veel weghad van een rommelhok. De tafel die onder zijn raam was geschoven, lag bezaaid met papier en andere rotzooi. Ook de grond was overdekt met van alles en nog wat. Er brandde een zwak licht, afkomstig uit een schemerlamp die in de hoek van de kamer op de grond lag. Daardoor zag ik pas laat dat er op het bed twee lichamen lagen. Eigenlijk zag ik ze pas toen een van de lijven zich oprichtte en een laken tot op borsthoogte over zich heen trok. Vincent vloekte. Hij trok het opgerichte lichaam terug naar achteren, tegen het zijne aan. Hij was zestien, het meisje had haar blouse uitgetrokken. Ik was te verbouwereerd om te kunnen reageren op zijn gevloek en haar gelach. Tussen de rotzooi probeerde ik bij zijn bureau te komen. Daar ergens moesten de papieren liggen die ik zocht. Een paar keer stuitte ik op een stapel papier, een doos vol met onherkenbare spullen, of een hoop kleren, ongetwijfeld smerig en in vruchteloze afwachting van een wasbeurt, want mijn moeder weigerde Vincents kamer binnen te gaan. Ik draaide een rondje, zocht een plek om mijn voeten neer te zetten, terwijl ik me steeds meer bewust werd van het beschamende van de situatie. Uiteindelijk sprong Vincent uit bed – hij had zijn spijkerbroek nog aan, godzijdank – en schopte me met een paar rake trappen zijn kamer uit.

De meteorologie troostte me. In mijn kamer had ik een weerstation, bestaande uit drie ronde metertjes: een barometer, een hygrometer en een thermometer. Buiten, voor mijn raam, had ik een regenmeter in de grond gezet, die ik met een kleine verrekijker van binnenuit kon aflezen. Ook had ik tegen een van de sponningen van mijn raam een thermometer geschroefd, waarop ik de buitentemperatuur kon aflezen. Het pronkstuk van mijn weerlaboratorium, zoals ik het noemde, was een door mijzelf gemaakte windmeter. Ik had een lange stang tegen de antenne op ons dak gebonden. Op de bovenzijde ervan had ik een windmolentje gemonteerd, dat ik in elkaar had geknutseld met behulp van een ijzeren stangetje en een stel koffielepeltjes. Tot vier keer toe was mijn moeder mopperend naar de Blokker gegaan – waar bleven toch steeds die verdomde lepeltjes? Vanaf het windmolentje liep een lange kabel over het dak naar mijn slaapkamer. Daar, midden op mijn bureau, lag een toerenteller die ik voor vijf gulden had gekocht bij een plaatselijke autosloper. Een groot, rond ding, met een chromen rand, een glimmend glazen venster en een grote witte wijzer, die omhoog kroop als het windmolentje op het dak ging draaien. Het toerental rekende ik om naar windsterkte Beaufort via een moeilijke formule, die ik deels had ontleend aan het meteorologieboek. Na wat herberekeningen – op een zonnige lentedag met een zwakke wind stelde ik windkracht 13 vast – klopten mijn cijfers met de windverwachting in de krant.

Toen het ding werkte, wilde ik het aan Vincent laten zien. Hij had geen interesse.

Die avond dat hij me zijn kamer had uitgeschopt, boog ik me over mijn weersvoorspelling van die dag en stelde tevreden vast dat het klopte. Later heb ik begrepen dat de gegevens die me ter beschikking stonden geen nauwkeurige voorspelling toelaten, en dat het succes op puur toeval berustte, maar op dat moment dacht ik dat mijn inzicht volledig was. Het verzachtte de pijn. Ik had de wereld in mijn macht, als een handlezer las ik de waarheid van morgen af op het glimmende ding dat op mijn bureau stond. Dat was wel wat anders dan met de een of andere meid in bed liggen. Hij moest een keer tot inzicht komen. Ooit.

Mijn vader had onze verwijdering opgemerkt. Nadat hij me een paar keer alleen had aangetroffen in zijn werkkamer, met de bijbel opengeslagen voor me, begon hij toespelingen te maken. Ik waardeerde zijn subtiliteit. Het ging nooit over

Vincent, of over mij, of over Vincent en mij. Het ging over vriendschap, broederschap, groter worden en meer van die algemeenheden. Het stelde me in staat me van de domme te houden. Ik knikte en humde, bladerde wat in de papieren die voor me op tafel lagen en ging weg zonder antwoord te geven op ook maar één van zijn bedekte vragen.

Na mijn windmeter maakte ik niets meer. Ik las en rekende, maar in de garage kwam ik nooit meer.

In de vierde klas bleef Vincent zitten. Voor alle zes vakken haalde hij een onvoldoende. Mijn vader draaide zijn rapport om, en riep dat ze al zijn cijfers verkeerd om hadden geschreven, maar, hoewel de 2 en de 4 dan neigden naar een 7, ze bleven de numerieke afwijzing die ze waren. Het gevolg was dat Vincent het jaar daarop bij mij in de klas zat.

Samen liepen we die eerste schooldag naar ons lokaal. Hadden Engels van Schutte, een kleine man met een volle snor, die dat schooljaar een relatie zou krijgen met een leerlinge uit de eindexamenklas, wat hem zijn ontslag zou opleveren. Vincent liep voorop, duwde de klapdeuren krachtig open en keek ongeïnteresseerd naar de rode deuren waarop in witte letters de lokaalnummers stonden aangegeven. Hij zwaaide naar twee oud-klasgenoten, die in een deuropening stonden en ging het lokaal ertegenover binnen. Ik herkende mijn klasgenoten van het jaar daarvoor. Vincent liep zonder aan iemand aandacht te besteden door naar een van de achterste bankjes, ging zitten aan een van de tafeltjes en legde zijn tas op het andere. Geen medeleerling naast hem gewenst.

Zo bleef het de eerste weken. De toeschouwer die achter in de klas zat, die in de pauze alleen naar me toekwam als ik thuis moest aankondigen dat hij later of helemaal niet zou komen – we gaan tot laat met ons huiswerk bezig – en zich verder vooral bemoeide met zijn klasgenoten van het jaar daarvoor, van wie er een paar al van school waren gegaan en soms weer opdoken op het schoolplein. De boodschappen die ik mocht overbrengen werden door mijn moeder hoofdschuddend en mijn vader binnensmonds vloekend aangehoord. Vincent was zeventien en vond niet dat hij aan wie dan ook enige verantwoording had af te leggen.

Na een week of drie was er een schoolfeest. Ik dronk mijn eerste biertje en proefde nog meer bitterheid in het alleenzijn tussen zoveel anderen, die zich zichtbaar vermaakten. Mijn ouders hadden me aangemoedigd om te gaan, met als argument dat Vincent ook ging. Alsof dat veiligheid bood, bescherming. Om een uur of elf kwam Vincent binnen. Hij duwde zich samen met een meisje dat ik niet kende de dansvloer op. Zijn manier van dansen had veel ruimte nodig, die door de anderen werd gemaakt door uiteen te wijken. Hij zwaaide met zijn armen en schopte met zijn benen. Het meisje lachte, zo ook een paar jongens die met hem waren binnengekomen en onder elkaar een fles drank lieten rondgaan. Even later was Vincent aan het vechten met een jongen uit de eindexamenklas. Er kwamen een paar leraren aanrennen, die de twee uit elkaar probeerden te halen. Voor ik het wist, waren Vincent, het meisje en zijn vrienden weer verdwenen.

Het interesseerde me niet meer. De wis- en natuurkunde die ik in de nieuwe klas kreeg, openden een nieuwe wereld. De differentiaal- en integraalrekening boden me grip op de verandering en brachten zo het volle leven dichterbij. Tijd had nooit een rol gespeeld in mijn berekeningen, met als gevolg dat het een onwezenlijk begrip was gebleven, vooral bedoeld om al het menselijke gedoe een beetje op elkaar af te stemmen. De klok, die gebiedend de dag in stukken deelt, die angst en hoop te wachten legt achter de onverbiddelijke cijfers en ons opjaagt. Pas toen ik de tijd een plaats kon geven, werd het iets van belang.

Ik ging weer naar de studeerkamer van mijn vader om de bijbel door te bladeren. Er waren ontwerpen bij van voertuigen, sommige aangedreven door spierkracht, andere gemotoriseerd. Met behulp van kracht, versnelling en snelheid probeerde ik mezelf een beeld te vormen van hun verwerkelijking. Mijn vader zat in een stoel voor de boekenkast in één van zijn boeken te bladeren en rookte de ene na de andere sigaret. Soms klikte hij bewonderend met zijn tong, dan weer zuchtte hij afkeurend.

Hij sprak nooit over Vincent.

In dat schooljaar gingen we op werkweek naar Londen. Zenuwachtig pakte ik op de zondag van ons vertrek mijn tas. Mijn moeder gooide, zwijgend, wat spullen op mijn bed, die ik in de cilindervormige reistas propte. Ze was door Vincent uit zijn kamer gezet toen ze hem wilde komen helpen. Uit Vincents kamer klonk harde muziek. De ogen van mijn moeder waren rood doorlopen. Langdurig inspecteerde ik de windmeter op mijn bureau, die nauwelijks uitsloeg omdat het niet waaide. Het vroor buiten een graad of twee. Ik hoorde mijn moeder de kast dichtdoen en de kamer uitgaan. Ik ging op mijn bed zitten, naast de halfgevulde tas, en overwoog welk boek ik zou meenemen. Het liefst had ik mijn wiskundeboek meegenomen, maar de mogelijkheid dat ik daarmee zou worden betrapt door mijn medeleerlingen weerhield me. Uiteindelijk koos ik voor het meteorologieboek. Vuistdik en zwaar vulde het de overgebleven ruimte van mijn tas. Ik probeerde de rits dicht te krijgen, wat slecht lukte omdat het boek te breed was.

Plotseling stond Vincent in mijn kamer.

'Zo goochemerd, heb jij nog wat ruimte in je hutkoffer? Mijn tas is al vol en dit moet echt mee.'

Hij gooide twee zwarte cowboylaarzen met scherpe punten en twee spijkerbroeken op mijn bed. Ik schudde mijn hoofd en knikte naar de op barsten staande tas, die ik net met moeite had dicht gekregen. Hij trok de rits weer open en haalde het boek eruit.

'Jezus, dit ga je toch niet meenemen, idioot. Dit wordt een feestweek, hoor!'

Hij smeet het boek op mijn bureau, daarbij de windmeter op een haar na missend, en begon zijn spullen in de tas te stouwen. Het lukte hem om de rits dicht te krijgen.

'Nou, bedankt dan maar. En let erop dat het een leuk weekje gaat worden. Onthoud dat, professor.'

De leerlingen werden ondergebracht bij gastgezinnen. We ontmoetten onze tijdelijke ouders en broers en zussen in de aula van een school in Noord-Londen. Het was een groot en oud gebouw, dat door het kapotte glas in de toegangsdeur en de verfschilfers op de muur de indruk maakte in onbruik te zijn geraakt. Alleen de geur verried dat er mensen leefden. Veel mensen. Het was geen specifieke geur – zweet, urine, parfum – maar de onbestemde geur van lichamen, die je direct mist als je een verlaten huis binnengaat.

De meneer die ons op het station had ontvangen, ging ons voor in de lange gang. Naast hem twee van de acht leraren die waren meegegaan.

De aula lag achter in de gang, afgesloten door twee hoge klapdeuren. Toen onze gids deze openduwde en wij achter hem aan de ruimte binnendrongen, klonk er een aarzelend applaus. Voor we het wisten werden we toegezongen door een groep meisjes, gekleed in schooluniform. Ik keek opzij naar Vincent, die naast een jongen stond met wie hij op de nachtboot het nodige bier had gedronken. Zijn gezicht was bleek en grauw, zijn voorhoofd en neus glommen. Hij keek strak voor zich uit, net als alle anderen. Toen het zingen klaar was, applaudisseerden we. Met meer overgave dan de Engelsen, maar dat zal wel de opluchting zijn geweest.

Het betrof een uitwisselingsprogramma. Een klas van de Engelse school was naar Nederland afgereisd en werd op datzelfde moment onthaald op onze school. Ze verbleven bij sommige van onze ouders – niet de mijne, die hadden zich niet aangemeld – zoals wij bij de hunne verbleven.

Schutte riep een voor een onze namen af, we traden naar voren, steeds in groepjes van twee, en werden voorgesteld aan de gastouders. Vincent en ik werden samen afgeroepen. Schutte stelde ons voor aan een kleine man, die een heel dun snorretje op zijn bovenlip had, een vrouw, die een kop groter was dan de man en zeker twee keer zo breed, en aan een meisje van een jaar of tien, dat zich met een slap handje voorstelde als 'Heather'. Vincent stelde zich voor als 'Vince' en mat zich een sterk Amerikaans accent aan. Ik probeerde mijn naam – Ytze – te spellen, maar deed dit zo onbegrijpelijk, dat de kleine man me uiteindelijk op mijn rug sloeg alsof hij de klanken uit mijn borst wilde kloppen.

Die middag reden we in een stationwagen naar het huis van de Fairfields. Heather zat tussen ons in en kletste onafgebroken in een Engels dat we niet konden verstaan. Soms draaide haar moeder zich om en sprak Heather toe. De man, die zich als 'Richard' had voorgesteld, beperkte zich tot het zo nu en dan in zijn achteruitkijkspiegel kijken en het opsteken van zijn duim.

In het huis van de Fairfields woonden nog drie dochters. Daisy was negentien, en keek naar ons met de blik van haar moeder, wisselde twee korte Engelse zinnetjes en ging toen weer terug naar haar kamer. Ze had lang sluik haar en een gezichtshuid die met grillige littekens was overdekt, alsof de huid zo strak was getrokken dat ze op verschillende plaatsen was gescheurd. 'Een heks,' siste Vincent terwijl hij haar vriendelijk glimlachend de hand schudde.

De tweede dochter werd ons aangewezen op een foto waarop ze verbaasd glimlachend tussen haar zussen stond ingeklemd. Zij was naar Nederland afgereisd en zat nu bij één van mijn klasgenoten thuis. Op de foto leek ze erg op haar oudste zus.

De derde dochter, Buttercup, was een ander geval. Glimmend blond haar, dat over haar schouders golfde, kuiltjes in haar wangen bij het lachen en een gave huid. In het namiddaglicht glom haar huid dof. Het was duidelijk. In de blik van Vincent, in de blik van Buttercup. Haar ogen die over me heenstreken om daarna weer snel aan zijn grauwe gezicht te blijven hangen. Haar hand die de mijne aanraakte om zich daarna snel aan de zijne vast te haken.

'Leuk ding,' was Vincents commentaar, toen we even later op onze slaapkamer waren en onze tassen uitpakten.

We verkenden Londen. De straten waarin het verkeer tegen de stroom in reed. Waar je honderd keer op een dag bijna werd verpletterd door een auto die je vanaf de verkeerde kant naderde.

Met enige regelmaat moesten we terugkeren naar het schoolgebouw met het kapotte glas en de verveloze muren om gesprekken te voeren, rollenspelen te doen, of iets anders wat de bedoeling had onze kennis van het Engels op te vijzelen. De helft van de tijd was Vincent afwezig. Ik wist dat hij met Buttercup had afgesproken in de stad, en ik zei dat hij zich niet lekker voelde.

's Avonds aten we bij de Fairfields. Vincent zat ingeklemd tussen Daisy en Buttercup, voerde het hoogste woord en leek zelfs indruk te maken op de oudste van de twee. Ik zat aan de andere kant van de tafel, naast de kleine Heather. Ze kwebbelde, zoals op de eerste dag, maar ik had geleerd haar te verstaan. Haar pieperige, zich steeds weer ombuigende stem, stond herkenning van wat ze zei niet meer in de weg. Het gaf me iets te doen. De ouders, zoals het hoort aan het hoofd van de tafel gezeten, aten zwijgend, Vincent bemoeide zich niet met me.

Zijn bed bleef vaak leeg tot laat in de avond. Ik doorworstelde een Engels boek over de Big Bang, dat ik had gevonden bij een boekhandel waar een ongelofelijke hoeveelheid boeken stond weggestouwd – tien verdiepingen hoog. Tegen de tijd dat ik al zo'n drie of vier keer in slaap was gesukkeld boven de zuur ruikende bladzijden, kwam Vincent binnen. Opgewekte blik, brede grijns en een liedje hummend dat hij had geleerd. Het ging over Buttercups.

Op de vrijdagochtend van die week – ik was net wakker geworden – gooide Vincent een folder op mijn bed. Ik las 'Science Museum', zag een paar foto's (stoommachine en supersonisch vliegtuig) en begreep zijn boodschap. De afsluitende middag, waarop het meisjeskoor van de ontvangst weer zou zingen, misten we. Tijdens de lunch – in vetvrij papier gewikkeld witbrood, belegd met kaas dat naar rubber smaakte – liepen wij gehaast door de hoge gang, langs de afbladderende verf en stootten de deur open waarvan de ruitjes stuk waren. De vrijheid die wij inademden deed Vincent me op mijn schouder beuken.

We namen de metro. Geheime verplaatsing. Weggedrukt tussen de mensen – groot en klein – zoefden we onder de stad door. Buiten bereik van Schutte, de andere leraren en Richard Fairfields. Toen we weer bovengronds kwamen, leek de stad veranderd. De straten breder, de gebouwen hoger, de stemmen van minder betekenis. We volgden de bordjes. Vincent pakte mijn schouder en duwde me voort.

Het Science Museum. Ik droom ervan. Het zijn gelukkige dromen. Heel andere dromen dan die over Vincent. We lopen er binnen, de hoge ruimten volgestouwd met voortbrengselen van de technologie – voortbrengselen van het overbodige, zoals Ortega Y Gasset zegt, waarachtige kunst, dus. Tussen de uitgestalde vondsten, in mijn dromen dan, zie ik de ontwerpen uit de bijbel tot leven komen. Natte dromen, feitelijk, maar dan niet in de platte betekenis die we daar doorgaans aan geven.

Met elke verdieping steeg ook onze opwinding. Het was alsof we terugkeerden naar de Drentse bossen, het bouwen van de hutten. Vincents ongeduld overtrof het mijne. Hij rende van vitrine naar vitrine. Op de hoogste verdieping hingen de vliegtuigen. Gekooide vogels die dreigend hun vaardigheid in bewegingloosheid toonden. We waren vol bewondering en we wisten het.

We wisten het.

3

Oh, ik was gelukkig. We waren teruggekomen, in de drie-, vierdubbele betekenis. Thuis, op school, bij mijn windmeter en bij elkaar. We knutselden weer! Na de onderwaterkamer waren we eindelijk weer bezig met iets nieuws.

De avond na onze thuiskomst waren we naar de studeerkamer gegaan. Mijn vader was niet thuis, godzijdank, hij had Vincent eruit geschopt als hij ons daar had aangetroffen, dat weet ik zeker. Ik pakte de bijbel zonder er bij na te denken, macht der gewoonte, en keek Vincent glimlachend aan, terwijl ik de sleetse zwarte veters losknoopte. De opengevouwen map legde ik op het bureau. Ik hoefde niet door de vergeelde en bij de randen kruimelige papieren heen te bladeren. Op gevoel schoof ik mijn wijsvinger ergens tussen de papieren in de stapel. Toen ik de bovenste helft wegnam en op de opengeslagen kaft legde, zag ik dat hetgeen ik zocht zichtbaar was geworden.

Het was een ontwerp, dat wel, maar anders dan de rest – realistischer, frivoler bijna. In het midden van het blad stond een overzichtstekening. Een man die breed lachend op een fiets zat. Zijn handen aan het stuur en zijn benen gespreid. Het deed denken aan een reclameaffiche. Dat de fietser vaart had, werd behendig gesuggereerd door een naar achteren staande sjaal, die wat extra lijnen had meegekregen, en de concentrische cirkels die vlak achter de bagagedrager waren getekend. De fiets had vleugels, als een vliegtuig. Dat verklaarde misschien de angstige blik in de ogen, die zelfs niet door de martiale snor van de fietser kon worden verhuld. Het was de enige tekening in de bijbel waarbij kleur was gebruikt. De sjaal was roodpaars, het strakke pak van de fietser gelig, en onder de fiets was een blauwige kleur aangebracht. Hij vloog.

Onderdelen van de fiets waren omcirkeld en deze cirkels waren met een lijn verbonden met detailtekeningen. Daar werd het ontwerp weer zoals de andere. Abstract, uitgevoerd in dikke zwarte lijnen die kleine cijfertjes of cryptische aanwijzingen droegen.

Boven aan het blad, netjes gecentreerd, stond in krullerige letters 'De Vliegfiets'.

Mijn handen trilden toen ik het blad omhooghield. Vincent boog zich voorover en keek naar de tekening. Hier had ik de afgelopen maanden avond na avond naar zitten staren, terwijl mijn vader achter mij mompelend zijn sigaretten rookte. Dit ontwerp was het enige maakbare in de hele map. De rest was sciencefiction. Ook de onderwaterkamer, zoals was gebleken. Maar deze vliegfiets konden we maken. In de garage, met spullen waar we de hand op zouden kunnen leggen.

Vincent pakte de tekening van me aan en bestudeerde hem onder het licht van de plafonnière. Hij lachte, om de idioot op de fiets, waarschijnlijk, die het zichtbaar in zijn broek deed. Hij keek en keek. Het leek een eeuwigheid te duren voordat hij opgewonden knikte en riep: 'Die gaan we doen.'

Als op commando sloot ik de map, strikte de veters, en legde het ding terug op zijn plaats in de boekenkast. Ik keek het bureau na en nog eens naar de map, die in het halfduister tussen de boekenplanken verscholen lag. Ik keek naar Vincent, die de tekening in zijn hand hield. Mijn vader zou nooit merken dat we zijn verbod overtreden hadden.

Vincent had de regie. Zijn ervaring in de onderwaterkamer had hem voorzichtig gemaakt. Hij wilde zelfs niet dat mijn vader achter ons nieuwe project zou komen, hetgeen de garage als werkruimte uitsloot. Op een achternamiddag in dat voorjaar nam hij me mee naar een leegstaand graanpakhuis aan de rand van het dorp. Het grauwe licht dat de hele dag somber tussen de huizen had gehangen – geen wind van betekenis, had mijn windmeter vastgesteld – was zich al gaan mengen met het donker van de naderende nacht. Straatlampen brandden alleen in de paar straten waar leven van betekenis mocht worden verwacht. De weg die naar het pakhuis voerde, viel daar niet onder.

Het pakhuis was een hoog gebouw, zeker in vergelijking met de rest van het dorp. Zelfs de kerk, eigenlijk een groot woonhuis met midden op het dak een klein torentje, was niet meer dan half zo hoog. Het pakhuis had een plat dak en telde, aan de ramen te oordelen, vijf verdiepingen. Aan een kant lag het aan het kanaal dat het dorp doorsneed. Een betonnen damwand markeerde de plaats waar ooit schepen lagen, om te laden en lossen. De straatkeien op de kade, voorzover ze niet al waren weggehaald om er tuinpaadjes en terrassen mee te leggen, waren overwoekerd door onkruid. Aan de andere kant, de achterkant, grensde het gebouw aan weilanden, die zich uitstrekten tot aan de stad, vijftien kilometer verderop. De onverharde weg die wij namen, kwam uit op de kade.

Vincent wist een ingang. Aan de zijkant was één van de schotten waarmee de onderste ramen dichtgespijkerd waren half afgebroken. Gebukt kon je hier het gebouw binnenstappen. De geur was niet veranderd. Jaren daarvoor was ik er vaak geweest. De vader van een vriendje werkte er, en op woensdagmiddag gingen we er geregeld langs. De ruimte was vol geweest met lopende mannen, zakken meel, die hoog opgetast lagen, en fijn geel stof, dat in het invallende zonlicht bleef hangen.

Toen Vincent en ik er binnengingen was de ruimte donker, het zwakke schemerlicht dat door het gat binnenviel had zijn kracht al verloren voordat het goed en wel binnen was. Mijn broer knipte een aansteker aan. De vlam, die zijn beweeglijkheid uitvergrootte en door de ruimte wierp, in het spel van licht en schaduw. Her en der lag rommel. Een stapel jutezakken, planken, lege dozen, een oude fiets. Vincent liep naar een hoek van het gebouw. Hij leek zeker van zijn zaak, alsof ook hij hier vaker was geweest. In de hoek was een gedeelte afgeschot door een lange en een korte wand, die tot ergens halverwege in de ruimte kwamen. In de lange wand zat een raam – waarin de vlam van Vincents aansteker weerspiegelde – in de korte wand een deur.

Vincent vloekte omdat hij zijn duim brandde aan de wapperende vlam. Het licht doofde en ik hoorde hoe hij de deur opende. Toen we naar binnen waren geschuifeld, ontstak hij zijn aansteker weer. Ik zag een fiets, lange planken, twee rollen papier of behang en een hoop ijzerwaar.

'Dit wordt onze werkplaats, maestro. Ik heb al wat rommel bij elkaar gescharreld. Er komt hier geen mens, en ik heb ook nog een sleutel van dit hok.'

In zijn andere hand hield hij een sleutel omhoog.

Even later liepen we terug door de donkere ruimte. In de verte zag ik de vage schemering die door het gat naar binnen viel. Halverwege stopte Vincent en knipte opnieuw zijn aansteker aan. Het licht weerkaatste tegen een steile houten trap die naar de verdieping boven ons voerde.

'En zie hier: zo kom je bij ons lanceerplatform.'

Ik lachte, zoals ik altijd lach, bij wijze van reflex, zonder dat de woorden waarom ik geacht word te lachen echt tot mij doordringen. Pas later, liggend op mijn bed, schoot me die trap weer te binnen. Ik was er al eens op geweest. Als mijn vriendjes vader even niet oplette, waren we wel eens naar boven geklommen. Die ene trap op, die Vincent had laten zien, en daarna de volgende, die weer een verdieping hoger voerde, en daarna nog een, en nog een. Totdat we bij de laatste houten vloer waren, en de trap beklommen die naar een luik in het dak van het gebouw voerde.

Die ene keer dat we door dat luik naar buiten waren gegaan – ik was nog geen meter bij het luikgat vandaan geschuifeld – had ik, uitkijkende over de daken en de bekende straten, die gevuld waren met kleine mensen die ik zou moeten herkennen, uitkijkend over de weilanden, het gevoel dat ik van de wereld was afgestapt.

Mijn eerste werk was het analyseren van de tekening van mijn grootvader. Het gekrabbel langs de lijntjes ontcijferen, hoofdlijnen van de details scheiden, esthetische fratsen verwijderen. Goddelijk. Ik zat op mijn kamer, al mijn vrije tijd. Bachman Turners *Overdrive* op de platenspeler, keer na keer, een plaat die ik van Vincent had gekregen, hij was er op uitgekeken, en ik rekende en tekende. Ik was gelukkig. Het leven is meedogenloos, je *finest hour* wordt altijd doorleefd in de overtuiging dat het een begin is.

Na een week of twee had ik een ontwerp uitgewerkt dat dertig pagina's tekst omvatte. Plus nog zo'n twintig tekeningen, overzichts- en detailtekeningen. Toen ik het geheel bij Vincent afleverde, keek hij meesmuilend. Hij lachte, snuivend, beledigend. Smeet mijn papieren op zijn bureau, dat nog steeds een puinhoop was.

'Godverdomme, zeg, je maakt er een studie van. Ik weet niet of je het weet, maar ik ben allang aan de gang, hoor. Dat kreng is al bijna vliegklaar.'

Hij overdreef. Hij had gewacht op mijn becijferde oordeel en het wachten had hem te lang geduurd. De angst in zijn ogen, die ik had gezien toen ik hem uit het water trok na zijn onderwateravontuur, was nooit helemaal verdwenen. Hij zou de vliegfiets nooit maken zonder mijn rekenkundige ondersteuning.

Op de kade deden we een aantal experimenten. Nadat Vincent een schitterende propeller had geconstrueerd, maakten we een testopstelling waarmee de voortstuwingskracht kon worden gemeten die door het trappen op een fiets werd voortgebracht. Ik had ergens een trekveer vandaan gehaald, die op een display de kracht in Newton aangaf. Wanneer je de veer uittrok, haakte deze aan het karretje waarop de propeller was bevestigd. Het karretje kon een eindje vooruitbewegen over de restanten van smalspoorrails die in de kade lagen verankerd. Vincent trapte via een v-snaar, uit een oude auto, de propeller op toeren. Het experiment bevestigde mijn berekeningen, de wrijving van de roestige rails ingecalculeerd.

We bouwden, in het hok dat ooit een kantoor was geweest. Het houten schot voor het grote raam in de buitenmuur had Vincent verwijderd. Veel licht en een weids uitzicht op de langgerekte weilanden vielen binnen door het gat. Met vier ingenieuze klemmetjes kon het schot na het werk weer in het raam worden teruggezet.

Daar zag ik hoe mijn gedachten door Vincent tot leven werden gewekt. Want zo zag ik het: míjn gedachten, niet die van mijn grootvader. Hij had mij slechts tot inspiratie gediend. De diameter van de tandwielen, de rotatiesnelheid van de trappers en de wijze waarop deze werd overgebracht op de as waaraan de propeller was bevestigd, de dikte en lengte van deze as, dit alles had ik zelf bepaald. Feilloos afgeleid uit de algemene wetten en de specifieke randvoorwaarden die van toepassing waren op onze vliegfiets.

Het kroonjuweel van de vliegfiets heb ik nog. Het is een glimmende stang, met een houten knop. Een versnellingspook, zij het dan dat deze niet diende om te schakelen tussen verschillende snelheden, maar tussen twee werelden. Deze pook, door Vincent gemaakt en gepolijst, was bevestigd aan de stang van de fiets, en diende om de overbrenging van de trapperrotatie te kunnen schakelen tussen het achterwiel en de propeller. Zo kon je dus met een simpele pookbeweging overgaan van fietsen naar vliegen.

Dit onderdeel had mij heel wat hoofdbrekens gekost. In

de tekening van mijn grootvader was dit met het gemak van de pennenstreek getekend en beschreven. Details waren wijselijk weggelaten. Het probleem was dat er geschakeld moest worden op hoge snelheid, wat inhield dat er een grote kracht op het schakelmechanisme werd uitgeoefend. Ontwerpers van auto's en andere voertuigen hebben hier zo hun oplossingen voor. Gesneden koek, maar voor een beginneling, een amateur zoals ik, was het een groot raadsel. De natuurlijke neiging die je hebt wanneer je voor een dergelijk probleem wordt geplaatst, is dat je de stappen te groot kiest. In mijn eerste ontwerp ging ik ervan uit dat er op volle snelheid gefietst zou worden, en dat er dan werd overgeschakeld op de propeller, zodat deze ogenblikkelijk van nul tot een maximaal toerental moest komen. De werkelijkheid was dat de rotatiekracht moest worden gedempt door de tandwielen en stangen, die zo het slachtoffer werden van de traagheid van de propeller. Proefondervindelijk vastgesteld, een knappende aandrijfstang en scheurende tandwielen. Vincent die vloekend tegen de grond ging omdat de vliegfiets opeens stilstond.

Traagheid is geen ondeugd, het is een wezenskenmerk van alles wat ruimte inneemt.

Mijn vondst was die van de hybride aandrijving, hetgeen inhield dat ik de rotatiekracht van de fietstrappers geleidelijk aan zowel op het achterwiel als op de propeller liet overbrengen. De propeller draaide zo als het ware proef, terwijl het achterwiel het stuwwerk deed. Eenmaal flink op toeren gekomen, was de propeller nog het enige dat draaide. Ongemerkt, sluipend, bewoog het ding zich van het aardse naar het etherische. Hiertoe moest vier maal geschakeld worden met behulp van de pook.

Het uiteindelijke ontwerp, de schakeling met vier standen, was door Vincent op onnavolgbare wijze in elkaar gezet. Mijn hart sprong op toen ik de vliegfiets zag staan in het hok, in het avondlicht dat door het grote rechthoekige raam naar binnenviel. De vleugels en de propeller stonden er naast, die waren zo gemaakt dat je ze er gemakkelijk vanaf kon halen in verband met het vervoer. De vleugels bestonden uit een houten skelet bespannen met zeildoek, dat Vincent had gejat uit een botenstalling. Op knappe wijze had hij het doek met behulp van naald en draad en spanbanden strak over het houten skelet weten te spannen. Aan de onderkant van de vleugels had hij in dikke zwarte letters onze initialen geschilderd, de mijne op de linker-, de zijne op de rechtervleugel.

Die avond deden we de laatste test. Niet ver van het pakhuis liep een smal boerenweggetje, dat naar een leegstaande boerderij voerde. Over het bolle wegdek, waarin her en der gevaarlijk diepe gaten zaten, reed bijna nooit meer iemand. Zeker zo tegen de avond was het een veilige testplek. Vincent monteerde de vleugels en de propeller op de fiets. Toen het klaar was, stapte hij op. De twee dikke stangen met aan hun uiteinde kleine wieltjes, die de fiets stutten, hielden het gevaarte goed in balans. Ik hoefde maar weinig te duwen of te trekken.

Hij begon te trappen. Het achterwiel dat los was van de grond, begon te draaien. Aan het stuur zat een kleine lier bevestigd. Om de lier wikkelde zich een staaldraad, die was verbonden met de twee zijwieltjes. Door aan de lier te draaien, kon hij de zijwielen langzaam omhoog laten komen. Dat was zijn vondst, ik had het niet in mijn ontwerp staan. Het maakte dat hij, toen het achterwiel eenmaal het asfalt raakte, nog een tijdje vooruit kon, gesteund door de zijwielen.

Ik zag hem weggaan. Ik wilde nog wat zeggen, maar de koude avondlucht droogde mijn stem op en een schor, woordeloos gemompel was het enige wat ik eruit kreeg. Hij kwam langzaam op snelheid. Eerst nog zwabberend, van de ene kant van de weg naar de andere dolend, met steeds weer een andere vleugel die hem omlaag wilde trekken. Daarna rechter, horizontaler. Ik zag hoe de propeller langzaam op toeren kwam. Hij trapte en schakelde, het achterwiel draaide en stuwde, en de propeller draaide zich warm. Ik rende achter hem aan, maar hij verwijderde zich. Steeds sneller leek ik achteruit te vallen, maar ik bleef dichtbij genoeg om te zien hoe de propeller sneller en sneller ging draaien. En hoe hij naar de laatste stand doorschakelde, de stand waarin de propeller nog het enige was wat door de ronddraaiende trappers werd aangedreven. Zijn snelheid zakte iets terug, maar hij bleef vooruit gaan.

Dat was het moment dat ik buiten adem raakte en in de berm neerviel. Ik sloot mijn ogen, zag ontploffingen, lichtflitsen, blikseminslagen en wat dies meer zij in het donker van mijn naar binnen gekeerde blik. Mijn hart leek zich uit mijn borst te willen scheuren, bonkte tegen mijn ribbenkast. Het deed pijn, maar ik was gelukkig. Net zo gelukkig als Vincent, die niet veel later naast mij stopte met de vliegfiets, het ding weer op zijn zijwielen kreeg en schreeuwend afstapte. Hij gooide zich op me, zoende me, trok me uit het natte gras en we dansten als idioten over het bollende pokdalige wegdek.

'Ik kwam los. Ik zweer het je, ik kwam los!'

Dat bleef hij maar roepen, en ik geloofde hem. Achteraf lijkt het me onwaarschijnlijk dat hij op die avond even los is geweest van de grond, maar toen geloofde ik er heilig in. Natuurlijk was hij losgekomen. Het was immers een vliegfiets.

Terug bij het pakhuis, de vliegfiets weer netjes opgeborgen in het hok onder een oranje dekzeil, en de deur op slot, dronken we een flesje bier, zittend op de kade. Het was donker geworden. In de verte knetterde een brommer. Het water was stil, vloeibare lichten dreven er in rond. Aan de overkant stonden twee huizen, dicht tegen elkaar aan. Eén ervan had verlichte ramen. Vincent de vriend – op school was hij nog steeds de broer die afstand hield – die mij op de schouder sloeg en zei: 'Volgende week zondag. Vroeg in de ochtend, als iedereen hier óf in de kerk zit, óf nog op z'n nest ligt.'

Ik knikte en genoot van het bier, dat ik had leren drinken.

Die zondagochtend werd ik vroeg wakker. De wekker wees zeven uur, en buiten schemerde het nog. In de stille keuken probeerde ik een boterham te eten. Het lukte niet. Ik nam een appel en ook die gooide ik al na één hap in de vuilnisbak. Een glas water lukte wel. Ik keek hoe mijn adem neersloeg op de binnenkant van het koude glas. De Friese staartklok, die nooit op tijd liep, tikte door het lege huis. Buiten zag ik de kat op de steiger zitten, vaag uitgetekend in het gore ochtendlicht.

Vincent had die nacht niet thuis geslapen. Mijn ouders gingen er vanuit dat hij bij een schoolvriend sliep, na een nachtelijk feest. Ik wist beter. Toen ik bij het pakhuis kwam, zat hij in de koude ochtendzon op de kade. Een beker koffie in zijn hand, wolken adem, als ongevulde tekstballonnen, de kou inblazend. Hij had in het hok geslapen, naast de vliegfiets. Ik dronk de rest van de koffie uit zijn beker, terwijl hij vertelde wat hij al gedaan had. De propeller en de twee vleugels had hij al naar boven gezeuld. Samen moesten we de fiets nog doen.

Ik probeer me precies te herinneren hoe die ochtend er uitzag. Het licht dat langzaam over het water scheerde, oranjerood. De wind die dwarrelde, geen richting wilde kiezen. Maar keer op keer merk ik dat ik met fantasieën bezig ben. Vincent zat in de zon toen ik aankwam, zoveel weet ik zeker, maar de kleur van het licht, de richting van de wind en de geluiden die opklonken voordat we het gebouw weer binnengingen, ben ik vergeten. Ik heb weleens gedacht dat het de ingrediënten zijn van de droom die ik had op de ochtend van het besluit, maar ook die droom is verleden tijd, en de vraag stellen maakt me onrustig.

We gingen het gebouw binnen. Ik liet de beker staan tussen het gras op de kade. De fiets was perfect. Zwartglimmend, stevig, in alles de zekerheid uitstralend die ik voelde sinds de proef op het achterweggetje, die keer dat Vincent was losgekomen. Vincent reed de fiets het hok uit, tot bij de houten trap. Hij pakte het voorwiel en liep de trap op. Ik pakte de fiets bij de bagagedrager en liep hem achterna. Vincent moest zich bukken om de fiets vast te houden. Zijn hoofd werd roder naarmate we stegen. Hij vloekte, ik duwde de fiets omhoog, hij trok. Zo sjorden we ons omhoog, tree voor tree. Totdat we bij de laatste steile trap waren. Ik zag dat Vincent het luik had opengezet. De bleekblauwe ochtendlucht was zichtbaar door het gat in de donkerbruine betimmering. We wachtten even en keken naar boven. Vincent zei dat ik nu voor moest. Hij lachte, maar uit zijn ogen sprak angst.

Zo kwamen we op het dak. Ik gebogen over de fiets, de spaken die in mijn vingers sneden, en Vincent duwend tegen de bagagedrager, roepende dat ik door moest lopen.

Toen de fiets klaar was en weer op zijn standaard stond, haalde Vincent een leren vliegenierskap uit de binnenzak van zijn jas. Hij lachte naar mij, zette het ding op zijn hoofd, en joelde terwijl hij zijn armen omhoogstak. Ik vond hem er debiel uitzien, maar ik joelde met hem mee. Beneden was het lege dorp. Ik zag op mijn horloge dat het tien uur was. Iedereen lag of op bed, of zat in de kerk. We zouden ongezien blijven.

Ik had mijn hand op het zadel. Zo stonden we: Vincent met de vliegenierskap op zijn hoofd rechts van de fiets, en ik links ervan, met mijn rechterhand op het zadel, klaar om mijn been eroverheen te zwaaien en op te stappen. Vincent keek mij aan, eerst verbaasd en daarna ongeduldig. Hij liep op de fiets toe en pakte het stuur beet. Ik liet mijn hand liggen, heel even maar, toen trok ik terug.

Vincent ging op de vliegfiets zitten en herhaalde de handelingen van de proefrit. Het achterwiel dat langzaam op toeren kwam, de beugels die werden opgetrokken, waardoor het achterwiel steeds dichter bij de ondergrond kwam, en uiteindelijk het vooruitgaan. Ik duwde hem. Eerst zwabberde hij, maar naarmate hij snelheid maakte bleef hij meer in het spoor. Hij maakte grote cirkels over het platte dak van het pakhuis, waarvan het gat waardoor wij waren gekomen het middelpunt vormde. Ik zag dat hij schakelde met de pook. Hij schoof de pook naar voren, hetgeen resulteerde in een langzaam in beweging komen van de propeller, en dan schakelde hij weer terug.

'Fietsen. Vliegen. Fietsen. Vliegen.'

Zijn stem schalde over de platte ruimte waarin hij cirkels trok. Steeds sneller ging hij. Ik zag hoe hij op de trappers ging staan, waardoor de vliegfiets vervaarlijk begon te schommelen. De snelheid kwam alleen nog uit het achterwiel, want hij schakelde niet meer. Toen hij op topsnelheid was, reed hij de cirkel uit. Recht op de groene weilanden af die zich uitstrekten in de verte. Hij reed over de rand van het platte dak. Ik zag het achterwiel ronddraaien, ik zag hoe hij aan de pook trok. Even kwam de propeller in beweging, maar daarna leken zijn voeten in het luchtledige rond te wentelen. Weer trok hij aan de pook. Toen kantelde de vliegfiets voorover, de rechtervleugel klapte omhoog. Het leek een wanhoopsgebaar, en ik zag hoe Vincent zich losmaakte van de vallende vliegfiets.

Zijn omlaag duikende lichaam met de twee kleppen van de vliegenierskap als nutteloze vleugels, is het laatste beeld dat ik van hem heb.

DEEL TWEE

Het besluit

De regen stoof over de begraafplaats. Van een afstand leek het op mist die kwam aandrijven, totdat je de prikkende druppeltjes op je gezicht voelde. Mijn moeder hing tussen mijn vader en haar broer. Als een halfdode sleepten ze haar van de aula naar het vers gedolven gat. Al het leven dat in haar zat, had ze er in de dagen tussen Vincents dood en zijn begrafenis uitgeschreeuwd. Ze rende door het huis, schreeuwde, krijste, ging mijn vader te lijf. Ze vervloekte mij en sloeg mij in mijn gezicht. Ik zag hoe ze zich op de keukenvloer wierp, kronkelend over de plavuizen, hoe ze haar hoofd tegen de afwasmachine stootte. Uiteindelijk stak ze haar hoofd onder de kraan. Het koude water dat in een brede straal uitstroomde over haar gelakte kapsel. Langzaam zakte de zorgvuldig gekoesterde vorm in, en krulden de kunstmatig gestreken haren zich.

Ik zag veel bekenden, die mij allemaal hoofdschuddend begroetten. Schoolvrienden van Vincent stonden bleek tussen de anderen. Later schudden ze mij de hand. Een slappe, natte hand. Eén voor één.

De dag daarna zaten we in de woonkamer. Mijn vader stond voortdurend op en keek uit het raam. Mijn moeder keek naar het vuur dat in de open haard brandde. We wachtten op iets.

Mijn vader gebood mij op zijn werkkamer te komen. Hij had twee stoelen voor het bureau geschoven en wachtte mij op, zittend in zijn hoge bureaustoel, met zijn armen over elkaar. Voor hem lag de bijbel opengeslagen.

'Terug die tekening. Godverdomme!'

Ik stond op en ging naar mijn kamer. De wijzer van de windmeter schommelde heen en weer. Tekeningen, krabbels, cijfers, riepen mij als sirenen. Ik was sterk, pakte de tekening van de vliegfiets en ging terug naar mijn vader.

Hij zat weer te roken. De ruimte was zo vol met rook dat de buitenwereld achter zijn rug verder weg leek dan ooit. Ik wilde nergens aan denken. Niet aan de eerste keer, niet aan de andere keren dat ik hier was geweest. Het lukte door me te concentreren op een driedimensionale puzzel die op zijn bureau stond. Dertien stukjes, die elk verschilden qua vorm, konden samen een bol vormen. Het spel was dat je maar dertien zetten mocht doen. Iedere poging moest dus goed zijn. Ik had een strategie bedacht die werkte. Ongeacht met welk stuk je begon. In gedachten liep ik de strategie langs, terwijl mijn vader op mij inpraatte.

'Zwijnen zijn jullie. Domme varkens. Als jullie Plato hadden gelezen, dan hadden jullie hier nog samen gezeten.'

Hij trok aan zijn sigaret en legde de tekening van de vliegfiets terug in de bijbel. Ik zag hoe hij de kaft dichtsloeg en de veters knoopte.

'Ik dacht godverdomme dat jullie het verschil tussen Idee en Werkelijkheid begrepen. Mijn vader had dat goed door, hoor. Een baanwerker, een ongeschoolde lul, maar desalniettemin. En jij, jij rekent maar wat raak en denkt dat dat gegoochel tot iets werkbaars leidt. Het zijn spelletjes die je speelt, en je bent er nog slecht in ook! Godverdomme.'

Hij stond op en liep naar het raam. Weer keerde hij me zijn rug toe, zoals die eerste keer. Zijn hoofd boog hij naar voren, waardoor zijn rug opbolde. Plotseling draaide hij zich om.

'Eén ding, jongetje. Als ik je nog één keer hier aantref, dan breek ik je beide poten. Begrepen?'

Terug op mijn kamer zag ik dat de wijzer van de windmeter teruggezakt was naar nul, terwijl buiten de boomtoppen hevig heen en weer zwiepten. In gedachten zag ik koffielepeltjes van Blokker langs de dakpannen naar beneden rollen.

Een paar dagen na de begrafenis ging ik terug naar het pakhuis. Ik liep over de door onkruid overwoekerde kade en vond de beker terug die ik de dag van zijn dood had laten staan. Ik liep door de donkere hal, kwam in het hok waar het zonlicht nog steeds ongehinderd binnendrong. Ik zag de sporen van zijn werk, voetstappen in het stof, achtergelaten rommel.

Aan de achterzijde van het pakhuis, net over de smalle sloot, die het pakhuisterrein scheidde van de achterliggende weilanden, was hij neergestort. Platgetrapt gras en een deuk in de zachte grond als getuigen. Het was heel vredig. Vogels doken omlaag om in de natte aarde wormen te zoeken, de zon werd warmer. In de slootkant, half in het water dat je gemakkelijk over kon springen, vond ik de pook. Aan de onderzijde kartelig afgebroken, maar verder nog zoals hij geweest was. Glimmend chroom, met een houten knop.

De beker en de pook heb ik altijd bij me. Zelfs als ik op reis ga.

De eerste keer dat ik ze inpakte in een doos, was toen ik op kamers ging. Ik had mijn eindexamen gehaald op de manier die iedereen van mij verwachtte – vijf negens, een tien en een acht – en die dan ook geen enkele reactie van betekenis losmaakte. Zelfs mijn klasgenoten onthielden zich van commentaar.

Mijn vader knikte instemmend toen ik hem mijn eindcijfers meedeelde.

'Je zou bijna zeggen dat je verstand had,' was zijn enige commentaar.

Mijn moeder was de enige die opgetogen was. Ze omarmde me en drukte haar gezicht langdurig in mijn nek. Het was alsof ik een dubbele belofte inloste. Samen dronken we een glas wijn in de huiskamer.

Ik had me ingeschreven voor de studie technische informatica aan de Technische Universiteit in Delft. In het jaar van mijn eindexamen had ik een boek gevonden in de academische boekhandel, met een intrigerende titel: *Gödel, Escher, Bach*, van ene Hofstädter. Ik kocht het en nam het mee naar huis. Daar verdronk ik erin. Ik las het drie, vier keer achter elkaar, net zolang totdat ik de dialogen tussen de schildpad, Zeno en de miereneter uit mijn hoofd kende. Ik leerde de logica kennen, het concept van een algoritme en waar computers zoal voor konden worden ingezet. Computers had ik altijd gezien als rekenapparaten, bedoeld om de sukkels die niet konden hoofdrekenen te ondersteunen. Hofstädter stelde ze aan mij voor als een spiegel voor onze rationaliteit. Met behulp van die dingen zouden we onszelf kunnen begrijpen.

Het boek werd mijn nieuwe bijbel. Ik wilde begrijpen hoe computers werkten, hoe je ze kon maken en hoe te programmeren.

Zo vertrok ik op een avond met mijn spullen in twee kartonnen dozen richting Delft. Ik had een kamer gevonden in een studentenflat iets buiten het centrum. Mijn moeder zwaaide me uit toen ik in mijn acht jaar oude Diana – gekocht voor 1100 gulden – het erf afreed. Achter het raam van zijn werkkamer zag ik mijn vader staan. Ik toeterde, maar hij bewoog niet.

Op de studentenflat deelde ik een eenheid met vijf andere jongens en een meisje. Ze hadden een welkomsfeest georganiseerd. Onwennig stond ik in de eetkeuken, in het niets verhullende tl-licht met een flesje bier in mijn hand. In een hoek van de ruimte stond een lage tafel met daarop een platenspeler. Er was blijkbaar maar één plaatje, *A forest* van The

Cure, dat door een jongen met rood krullend haar steeds opnieuw werd opgezet. De jongen danste op de muziek met het enige meisje.

Ik raakte in gesprek met een lange donkere jongen – hij stelde zich voor als Roderick. 'Zeg maar Rod.' Met zijn gezicht dicht bij het mijne bracht hij me op de hoogte van de huisgebruiken. Zijn adem rook naar de vochtige handdoeken die ik als kind altijd tot aan de volgende zwemles in mijn zwemtas liet zitten. De regels waren helder en veeltallig. Rod wees ze aan met dwingende gebaren, alsof de regel dat je je eigen spullen met een pleister beplakte waarop je naam was geschreven, voordat je ze in de koelkast zette – ongemerkte rotzooi werd direct weggedonderd – alsof die regel in diezelfde koelkast lag. Slechts één keer lachte hij. We stonden samen voorovergebogen over de morsige toiletpot in de wc-ruimte, en Rod bekende dat hij de gewoonte had om na ieder toiletgebruik te controleren hoeveel remsporen waren achtergebleven. Er stond een boete op van 1 gulden per remspoor.

'Alle sporen uitwissen, hier,' zei hij schalks.

Terug in de keuken verloor Rod zijn interesse in me. Alles was gezegd. Na mijn derde flesje bier – ik was een onervaren drinker – begon ik gesprekken met de anderen aan te knopen. Ik was de enige eerstejaars, en ze spraken met me op een vaderlijke, cynische toon. Met een dubbelzinnige lach bevestigden ze de gewichtigheid van de eerste collegedagen. Ze vertelden dat je je eerste tentamens alleen mocht halen als je het niet had voorbereid, en dat de werkelijke test bestond uit de vraag of je genoeg tijd vrijhield voor verenigingsactiviteiten.

Het was na twaalven toen ik het enige meisje durfde aan te spreken. De roodharige jongen was uitgedanst en hing uitgeblust op een groot bankstel dat tegen een van de muren van de eetkeuken stond. Ze stelde zich voor als Marty, had lang zwart haar, droeg een strakke zwartkleurige stretchbroek en daarboven een groot T-shirt, waarop een wazig hoofd stond afgebeeld.

'Je bent toch niet ook zo'n corpslul?'

Ze keek verontwaardigd, zelfs als ze lachte. Iedere zin klonk als een aanklacht, terwijl ze vooral over haar studie sprak – ze studeerde ook informatica – en hoe leuk ze die wel niet vond. Ze haalde nog een fles bier voor me. Het was een beugelflesje dat ze met een vervaarlijke plof opende, alvorens het mij toe te steken. Ik had pas twee slokken op toen ze me gedag zei.

'Morgenavond neem ik je mee de stad in.'

De woorden bleven me bij, terwijl ik rondkeek in de helwitte keuken. Ik was alleen achtergebleven. Dit was het dan, mijn nieuwe leven. Het ooit zo witte fornuis had bruinzwarte vlekken, rafelige sporen van ingebrand vet. Tegen de wand tegenover het bankstel stond een eettafel, overladen met ongewassen vaat en lege flessen. Het tafelblad was beplakt met plastic folie waarvan de randen waren gebarsten en omkrulden. Aan de wand boven het bankstel hingen foto's, zonder lijst op de muur geplakt. De meeste waren bobbelig, sommige bijna helemaal ineengerold. Van de gezichten die zichtbaar waren, herkende ik er maar een paar, de rest was van geruisloos verdwenen bewoners. Van Rod prijkte een grote portretfoto op de muur. Zijn lachende mond werd opengesperd door een bobbel in het fotopapier. Ik rook weer zijn muffe adem.

Het lege beugelflesje schoof ik tussen de andere flessen op de eettafel. Mijn nieuwe kamer was leeg. In de hoek stond een bed met een met vlekken overdekt matras. Ik had het overgenomen van mijn voorganger. Midden in de kamer stonden de twee dozen die ik van thuis had meegenomen. Ik liep naar het grote raam en keek naar buiten. Ik zat zes hoog en de wereld bewoog beneden mij. Oranje lichten die zachtjes heen en weer wiegden, rode en felgele lichten die vooruit schoten. Ik legde mijn voorhoofd tegen het koude glas en sloot mijn ogen. De groene verte die zich onder Vincents draaiende wielen had uitgestrekt drong zich aan me op. Het was alsof ik op de fiets zat en voorover viel. Ik tolde om mijn as en zag de groene wereld om me heen draaien.

Toen ik even later boven de wc-pot hing en naar mijn schuimende maaginhoud keek die zacht heen en weer schommelde, realiseerde ik me dat ik alle sporen moest uitwissen. Rod zou zo komen controleren.

Ik ging uit met Marty. We liepen door de donkere, onbekende stad en ik liet me verschillende kroegen binnenloodsen. Gelukkig draaiden ze overal luide muziek, zodat praten overbodig was. Ze keek nog steeds verontwaardigd, maar zonder haar stem was het draaglijk. Ze kwam bekenden tegen en stelde mij voor. Een paar jongens bleken medestudenten te zijn die het eerste jaar moesten overdoen.

Ik herkende ze een paar dagen later tussen de andere studenten met wie ik in de collegezaal zat. De zaal had de vorm van een amfitheater. Rijen tafeltjes met daarachter klapstoeltjes kropen tegen de achterwand omhoog. Ik zat op een van de laatste rijen. Deze vulden zich het eerst. De laatkomers moesten voorin gaan zitten. Beneden stond een grote man, met een zwarte ringbaard en een grote donkerkleurige bril. Hij gaf Analyse en begon het bord vol te schrijven met kriebelige symbolen die voorover leken te vallen. Al mompelend bewees hij het bestaan van aftelbaar oneindige en overaftelbaar oneindige verzamelingen. Hij hield niet van inleidingen, zoveel was duidelijk.

Ik genoot. Hoewel ik zijn gekriebel maar moeilijk kon lezen vanaf de plaats waar ik zat, was ieder woord dat hij sprak glashelder, bijna vanzelfsprekend. Hier ging ik iets leren wat ik had gemist toen we aan de onderwaterkamer werkten, aan de vliegfiets. Dit was de wereld waarvan mijn vader droomde maar die hij nooit zou kennen. Met dergelijke kriebels en onweerlegbare bewijzen zou ik in staat zijn geweest om de pook, het overbrengingsmechanisme en de ontkoppeling geruisloos te laten bewegen. Ik zou Vincent hebben voorgerekend met welke verbindingen hij de vleugels had moeten bevestigen zodat ze hem moeiteloos hadden kunnen dragen.

Mijn ouders zag ik in die eerste maanden van mijn studie niet. Eén keer slechts voerde ik vanuit de keuken van het studentenhuis een kort telefoongesprek met mijn moeder. Ze had het al vaak geprobeerd, maar was steeds niet verder gekomen dan een van mijn huisgenoten. Ik hoorde het verwijt in haar stem. Ze klonk ver weg, om me heen waren huisgenoten bezig eten te koken en ruzie te maken. Het gesprek viel stil. Even dacht ik dat ze had opgehangen, maar plotseling zei ze dat oom Richard was overleden. Hij was de broer van mijn moeder. Ik zei 'O'. Rod kwam naar de telefoon en drukte de telefoontikker in, terwijl hij mij verwijtend aankeek.

'Is dat alles wat je kan zeggen? Je moet naar zijn begrafenis komen, aanstaande vrijdag.'

Ik zei dat ik niet kon, ik had college. In de daarop volgende stilte legde ik de telefoon voorzichtig op de haak.

Aan het einde van dat heerlijke eerste jaar ging ik met drie studiegenoten naar een openluchtfestival. Marty ging ook mee. Het was een warme dag, door het open treinraam waaide een zwoele wind die een onbestemd verlangen in mij losmaakte.

Het festivalterrein was vol met mensen. Her en der lagen ze in groepjes op de grond, anderen slenterden langs de diverse podia. Op verschillende plaatsen stonden kraampjes waar bier en andere drank gekocht kon worden. De drie jongens kochten een glas bier, Marty en ik namen cola. Met de plastic glazen in ons hand liepen we naar het hoofdpodium. Het stond hoog boven het publiek. Vier kleine mensjes bewogen heen en weer in het zwarte gat. Ze produceerden een hoop herrie. De gitarist was gekleed als een militair en stak na ieder nummer zijn rechterarm omhoog alsof hij de Hitlergroet bracht. Het lauwe applaus dat opklonk werd al snel weer overstemd door de inzet van een nieuw nummer. Marty danste, de drie anderen leken ongeïnteresseerd.

In de middagzon zaten we op een groot grasveld. Ik was mee gaan drinken met de drie jongens, Marty hield het bij cola. Eén van de jongens draaide een joint en liet hem rondgaan. Ik rookte niet, en het inhaleren van de scherpe rook was al voldoende om mijn gestel te ontregelen. Een misselijkmakende duizeligheid overviel me. Ik ging achterover liggen in het warme gras en sloot mijn ogen. Het draaien stopte en ik voelde een opmerkelijke rust over me heenkomen. Vincent en ik waren weer op de smalle achterweg waar we de testrit maakten. Zijn gezicht bracht hij dicht bij het mijne. Hij vroeg me naar de berekeningen. Ik liet hem de papieren zien, en wees de weg langs de redeneringen. Ik rook zijn geur, ik hoorde zijn stem, ik voelde de warmte van zijn wang dichtbij de mijne.

Terug in de trein had ik het koud. Buiten scheen nog een schuine zon die oranje licht liet weerkaatsen op de gezichten naast mij. Ik zat naast Marty. Ze had haar ogen gesloten en hing tegen me aan. Ik had Vincent bijna weer tot leven weten te wekken die middag, heel anders dan in mijn droom. Het had me uitgeput, leeggemaakt.

's Avonds vroeg Marty me mee te gaan naar haar kamer. Ik zat op haar bed terwijl ze zich uitkleedde. Onder haar zwarte kleren kwam een opmerkelijk blanke huid tevoorschijn. Daarna kleedde ze mij uit. Ze deed het licht uit, en we kropen naast elkaar onder het dekbed. Twee naakte lichamen tegen elkaar. Ik voelde de huivering in het hare, de ruwe huid van kippenvel. De kou had zich tot diep in mijn botten vastgezet. Ze drukte haar lijf tegen het mijne, haar stugge schaamhaar tegen mijn dijbeen. Met haar hand wreef ze over mijn geslacht. De slappe dood in mijn kruis kon ze niet tot leven wekken, hoezeer ze ook haar best deed. Zelfs niet toen ze op me kroop en zich voor me opende. Ik voelde haar natheid, hoorde haar verlangen in haar ademhaling, maar bleef het slachtoffer van de kou die alles in me deed verslappen, onmachtig, impotent, levenloos.

Ik kleedde me weer aan. Marty lag op bed met haar rug naar me toegekeerd. De week daarna heb ik mijn huur opgezegd en ben ik naar een andere kamer verhuisd.

In het tweede studiejaar begon de onrust. Er was een professor die het vak berekenbaarheid gaf. Hij begon ieder college met het op het bord schrijven van een paradox. Ik kwam Achilles en de schildpad weer tegen. Zeno's argument dat zo helder en duidelijk was, maar tegelijkertijd zo onwaar. De Kretenzer die beweert dat alle Kretenzers leugenaars zijn. De volgende zin is waar. De vorige zin is onwaar. Russells paradox: de verzameling die alle verzamelingen bevat die niet zichzelf bevatten, bevat die zichzelf?

Het waren grensposten van het rationele denken. Daarachter strekte zich het land uit waarover Wittgenstein had gesproken: *'Wovon man nicht sprechen kann, darüber muss man schweigen.'*

De gedachte dat er iets zou zijn waarover men niet kon spreken en waarmee men dus niet kon rekenen, verontrustte me zeer. Ik wendde me tot mijn helden, dood en begraven maar godzijdank geboekstaafd. Gödel, wiens goddelijke boodschap *'Über formal unentscheidbare Sätze der Principia Mathematica und verwandter Systeme, I'* ik had proberen te ontcijferen, bleek een hypochondrische man, die in zijn jonge jaren leed aan wat als reumatische koorts werd aangeduid, en stierf aan zelfverkozen uithongering. In zijn nalatenschap werd een oefenboek Nederlands gevonden. Ik had in mijn eigen taal met hem kunnen praten. Hij trouwde een gescheiden danseres, zeer tegen de zin van zijn familie.

Ik las een biografie van Andrew Hodges over Turing. De foto van Alan Turing tussen zijn ouders in, het hoofd gebogen, netjes in het pak, maakte de meeste indruk op me. Ik stelde me voor dat hij in dit pak door Oxford Street in Manchester liep toen hij zijn ondergang ontmoette, vermomd als een negentienjarige jongen. Hij sliep met de jongen en bood hem geld aan. Deze weigerde, maar stal vervolgens geld uit Turings portemonnee. Terug op straat pochte de jongen over zijn verovering tegen een vriend, die zich door de kans liet verleiden en in het huis van Turing inbrak. De inbreker werd door zijn vriend verraden – hoeveel duidelijker kon het spoor zijn? – en er werd aangifte gedaan met naam en toenaam van de verdachte. Maar deze had na zijn arrestatie een wapen op zak, een scherp en pijnlijk wapen in het Engeland van de jaren vijftig. Hij wist van Turings homoseksualiteit.

Turing werd behandeld met oestrogenen, teneinde de onnatuurlijke neigingen te onderdrukken. De bedenker van de intelligente machine werd opnieuw geprogrammeerd.

Zoals een programma na *debugging* weer tot leven komt, zich conform de verwachting gedraagt en dan plotseling een onvermoed pad inslaat, zo pleegde Turing twee jaar na zijn veroordeling zelfmoord. Hij werd gevonden, liggend in zijn bed, om zijn mond zaten sporen van cyanide en naast zijn bed lag een appel waarvan een paar happen waren genomen.

Als ik eraan denk, zie ik altijd die licht voorovergebogen man in dat pak, het haar netjes opzij gekamd, liggend op een bed.

Op een groezelige namiddag fietste ik vanaf het station van Leiden, waar we rijwielen hadden gehuurd, naar Rijnsburg. Martin ging met me mee. Martin woonde in hetzelfde studentenhuis als ik. Hij studeerde natuurkunde, was dun, had kort haar dat in stijve puntjes omhoog stond en rookte onafgebroken shagjes waarvan het vloeipapier vochtig geel kleurde.

Via de Rijnburgerweg reden we Leiden uit. Ik vertelde Martin van mijn leeservaringen bij Jan Wolkers.

'In *Kort Amerikaans* dondert de hoofdpersoon hier ergens een buste van gips neer.'

Hij leek niet geïnteresseerd. We fietsten zwijgzaam langs de lange rechte weg. In Oegstgeest staken we over, de Deutzstraat in, waar Wolkers had gewoond. Het winkelpand was verbouwd tot ambulancepost. Martin draaide een peuk en mopperde op de kou. Ik probeerde me voor te stellen hoe de schrijver vanachter het zolderraam naar de overvliegende Duitse vliegtuigen had staan kijken, maar het lukte slecht. Een grote stationwagen drukte ons verder de stoep op, aan de overkant liet een oudere man zijn hond uit. Het beest scheet dampend midden op de stoep. Martin vroeg of we niet verder konden gaan.

We passeerden het viaduct waar de A44 overheen liep. Er begon een leegte die het platteland aankondigde, terwijl we ingesloten bleven tussen huizen. Waarschijnlijk kwam het door de brede weg waarlangs we fietsten. In een bocht stond een oude man in brons op een schep geleund.

'Doorwerken, opa,' riep Martin, terwijl hij het sigarettenpeukje uit zijn mond haalde.

Het begon te miezeren. Voorovergebogen leunden we tegen de wind. Ik had spijt van mijn plan. Wat moest ik met Spinoza? De eenzame lenzenslijper in zijn kluis. De verstoten Jood uit Amsterdam die zijn toevlucht zocht in Rijnsburg, tussen de vrijzinnige collegianten. Maar hij was geen kluizenaar, hij was het middelpunt van de Europese intelligentsia. Hij was een der eersten die het rationalisme als verdelgingsmiddel van het bijgeloof, de openbaring en het geloof in de hel als plaats der verdoemenis hadden aangewend, de erfzonde ontleed door de rationalistische chirurgijn.

Spinoza was een grotere held dan Gödel en Turing, omdat hij de verdoemenis had moeten weerstaan. Dat is toch iets anders dan de strijd aanbinden met anorexia of homoseksualiteit. Dat dacht ik toen ik Rijnsburg inreed. We stonden stil bij een fontein die in oranjegekleurd keramiek was uitgevoerd. Martin hoestte en vroeg waar dat oude kot was. Ik pakte een routebeschrijving uit mijn zak en probeerde op een plattegrond die langs de weg stond te bepalen waar we heen moesten. Mijn handen beefden van de kou. Ik probeerde mijn wijsvinger langs de bochtige straten te leiden, maar het was een bibberige en hoekige tocht.

Het Spinozahuis was een klein stenen gebouw. In de zijmuur zat een deur waar we aanbelden. Een grijzende man deed open zonder ons aan te kijken. Met zijn hoofd gebogen, kijkend naar de oranjekleurige plavuizen, ging hij ons voor naar binnen. Nadat we hadden betaald, schoof hij ons het gastenboek toe.

'Wat doen de heren voor de kost?'

Zijn stem klonk ongebruikt, schor en stotterend. Ik rook zijn zware adem. Martin zei dat hij natuurkunde studeerde. De man trok daarop het gastenboek weer naar zich toe en begon te bladeren. Met zijn vinger bij een zwierige krabbel schoof hij het weer naar ons toe.

'Mijnheer Einstein is jullie voorgegaan, toen hij in Leiden was om te doceren.'

Zijn stem was vaster en klonk bijna triomfantelijk.

'Kijk eens aan,' zei Martin, 'dan was het die klote fietstocht toch nog waard.'

We schreven onze namen en de datum van ons bezoek in het boek. Daarna ging de man ons voor naar wat de belangrijkste ruimte in het huis was: de studeerkamer van de grote geleerde. De geur van stof drong in mijn neus. De man opende een kast waarin op drie, vier planken boeken stonden uitgestald. De geur van oud papier mengde zich met die van het stof. Ik moest aan de studeerkamer van mijn vader denken. Zijn gekromde lijf dat in de stoel zat, een boek op zijn knieën en de blauwgrijze rook van zijn sigaret die de ruimte op een vreemde manier verkleurde.

'Dit is de bibliotheek van Spinoza.'

De stem van de man kreeg iets plechtigs. Dit werd versterkt door zijn zwijgen.

'Waar sleep hij eigenlijk zijn lenzen?'

Martin liep de ruimte door en boog zich over de schrijftafel waarop schrijfgerei stond uitgestald. Drie pennenveren staken omhoog.

'Aha, zijn lenzen, ja.'

De man leek uit het veld geslagen.

'Dat is toch eigenlijk niet zo belangrijk. Hij deed het om in zijn onderhoud te voorzien, en het is volgens mij onduidelijk of hij hier in Rijnsburg heeft geslepen.'

Hij liep weer op de boekenkast af en begon te vertellen welke boeken in het bezit van Spinoza waren geweest.

'Jullie zijn toch ook nooit verder dan Plato gekomen, hè. Die vond ook al dat de technische kunsten waren voorbehouden aan de minkukels, minderwaardig gedoe. Dat was gepruts in de materiële wereld, en die vond hij maar niks. Maar volgens mij was dat lenzenslijpen van Spinoza misschien wel zijn meest waardevolle bijdrage. Daarin verkende hij de grenzen van het toenmalige kunnen als het ging om het toepassen van de kennis der optica.'

De man maakte een verslagen indruk. Hij brak zijn verhandeling over de kast met boeken af en sloot de deuren weer. We volgden hem terwijl hij terugliep naar de ingang. Voor we het wisten stonden we weer buiten in de miezerige regen en de koude wind.

'Het zijn net ouderlingen, die zogenaamde rationalisten, ik zweer het je. Als je wat tegen ze inbrengt, kun je opsodemieteren.'

We fietsten terug en hadden de wind in de rug. Martin was wat opgewekter dan op de heenweg. Hij stelde voor om onze teleurstelling maar te gaan verdrinken, en dat deden we. Het was na enen toen we het perron opliepen, net op tijd voor de laatste trein richting Delft.

In het eerste semester van mijn derde studiejaar volgde ik een college van professor Bavinck. Het was een lange dunne man van achter in de dertig, die eruit zag alsof hij deel uitmaakte van de directie van de een of andere multinational. Altijd onberispelijk in het pak, haar op lengte en netjes geschoren. Hij bekleedde de leerstoel 'technische mislukkingen'.

'Niets mooier dan het falen.'

Hij vergeleek de aandacht die doorgaans werd besteed aan de technische successen met de interesse voor winnaars van de loterij.

'Verdiep je maar eens in de levensgeschiedenis en het karakter van de loterijwinnaar. Dat blijken altijd doorsneemensen te zijn, zonder noemenswaardige kwaliteiten. Je zult niets ontdekken wat hun winst verklaart. Het is en blijft pure mazzel.'

De mislukkingen daarentegen vormden een bron van kennis. Ze waren talrijk, gevarieerd en maar al te vaak een bewuste poging om eerdere mislukkingen teniet te doen. Bavinck vergeleek zichzelf met Darwin, zoals deze op de Galapagos-eilanden had rondgestruind, en door het zien van de soorten die elders allang waren uitgestorven, op het idee van de evolutietheorie was gekomen. Nou ja, hij had het dan wel niet van zichzelf, ene Basalla was hem voorgegaan, maar hij had toch de nodige belangrijke bijdragen geleverd aan de theorie die de technische ontwikkeling vergeleek met de evolutie van de soorten.

'Waarheid is een volstrekt nutteloos begrip als het om technologie gaat. Overleven, daar gaat het om. Waarom heeft de elektrische auto, die rond 1900 al was bedacht en ontwikkeld, het afgelegd tegen de auto met een verbrandingsmotor? Lag het aan eigenschappen van de technologie, aan de plaats waar de twee met elkaar wedijverden – de uitgestrekte vs – de drammerigheid van Ford en zijn idee om auto's in massaproductie te gaan nemen? Ik vertrouw niemand die me iets over een technologie vertelt – hetzij in het voordeel, hetzij in het nadeel ervan – als diegene me ook niet uitlegt in welke tijd het werd bedacht, door wie, en wat de achtergrond is van de bedenker.'

Na het college liep ik het hoge gebouw uit. Blauwgrijs met rode zijkanten rees het hoog boven Delft uit. Een kerk van kennis, met schotels en antennes op het dak om de Schepper af te luisteren. De Mekelweg was leeg, en de gebouwen lagen er desolater bij dan ooit. Ze beeldden iets uit wat ik er niet in zag. Martin had het me ooit uitgelegd.

Ik had iets bijzonders gehoord. Ik wist niet precies wat, maar ik had iets bijzonders gehoord.

2

In de zomer van mijn vierde studiejaar gingen Martin en ik op vakantie naar Noorwegen. Hij had van zijn moeder een oude Mitsubishi Colt kunnen lenen. We stouwden de auto vol met kleding, een tent die we samen hadden gekocht, en veel eten omdat Noorwegen zo'n duur land was.

We reden de eerste dag naar Denemarken, tot aan de noordrand van Jutland. De volgende dag zouden we de boot naar Götenborg nemen. Ik reed, Martin sliep naast me. Als hij ontwaakte en gevraagd had waar we waren, stak hij een sigaret op en gaf zijn mening over de Duitser of de Deen.

'Hier halen ze die lading nieuwe Denen vandaan.'

Het was in de tijd dat in iedere Nederlandse eredivisieclub minstens één Deen speelde.

'Dat zou je toch niet zeggen als je al die Denen hier voorbij zag strompelen.'

Na de sigaret ging hij weer slapen. Zijn gesnurk, zijn warme adem tegen mijn wang als hij tegen me aanzakte, maakte de gestrekte glooiende en vooral lege weg tot iets goddelijks. En natuurlijk de muziek, die Martin had opgenomen, en in een oneindige lus werd afgespeeld. Het was de LP van Elvis Costello, *Get Happy*, met prachtige nummers als 'Possession', 'New Amsterdam', en 'Girls Talk'.

Tijdloos waren de witte boerderijen die vanachter een heuvel omhoog rezen, de goudgele tarwevelden die leken weg te vloeien in een smal dal, en het vergezicht dat zich opeens kon opdringen na een bocht of de beklimming van een heuvel.

Op de camping waar we onze nieuwe tent opzetten – verrassend gemakkelijk, eigenlijk – werden we uitgenodigd om bier te komen drinken met een groep Duitsers. Martin dronk en maakte grappen in slecht Duits. De anderen lachten, en ik was gelukkig.

Noorwegen was nog leger dan Denemarken. We tankten bij een benzinestation net over de grens. Het was warm. Een zwoele lucht cirkelde onder de overkapping van het benzinestation. Ik was hier eerder geweest. De Fiat van mijn vader met de vouwwagen erachter, Vincent en ik op de achterbank. We gingen naar Oslo. Een hete dag in het Vigelandpark, waar we rondliepen tussen de ronde menselijkheid in fascistoïde proporties, uitgehakt in steen. Vincent wilde in de vijver pootje baden, maar mijn vader verbood het. Uit protest begon hij een gesprek met een blond Noors meisje met wie hij een ijsje kocht bij een houten kiosk.

Het weer in Oslo was misleidend. De rest van de vakantie regende het en was het winters koud. We aten de bruine bonen en worst die mijn moeder uit Nederland had meegenomen. Vincent kreeg een steenpuist op zijn hand.

In mijn antropomorfische wereldbeeld was dit een uiting van zijn onwil om er iets leuks van te maken. Zijn paarse opgezwollen hand, met in het midden van de zwelling een gelige pit, was zijn manier om protest aan te tekenen. Mijn vader wist raad. In de afzondering van een lege camping, omringd door bergen, sprenkelde hij jenever op de gele pit, stak een aardappelschilmes in de vlam van het gaskomfoor en sneed de pit uit de zwelling, zoals je een aardappel pit. Het bloed dat in het washandje opdroogde dat ik moest uitspoelen in het houten washok, was Vincents verzwakte stem die protest aantekende tegen de vakantie.

De vouwwagen bleef vaak ongebruikt achter de auto staan, in de aanwaaiende regen. We sliepen in houten hutten die op campings te huur waren. Mijn ouders dronken dampende koffie uit oranje bekers. Vincent en ik speelden spelletjes die ons snel verveelden.

Soms was het droog, en speelden we buiten. We ontdekten een lege schuur waarin we ons konden verschuilen. Tussen de balken door konden we naar de wereld om ons heen kijken. Eén dag slechts was het warm. We gingen zwemmen in een meertje waarvan het water ijskoud was. Mijn ouders hebben nog een foto van het meer. Het is een spiegel. Als je de foto op zijn kop houdt, is het meer de weerspiegeling van de omgeving.

Maar die keer met Martin was het weer bestendig. Blauwe luchten overhuifden iedere dag, bleker blauw dan ik me van Nederland herinnerde. De schemer rekte zich uit tot na elven. Ik las in de buitenlucht zonder lamp, terwijl Martin in de tent sliep. Zijn vermoeidheid leek chronisch.

Na Oslo – de rieten boten van Thor Heyerdahl hadden op Martins lachspieren gewerkt – reden we noordwaarts. Het landschap verdunde zich. Sporen van bewoning werden schaars, en naarmate we hoger kwamen gaf de begroeiing het op. Bij de eerste sneeuw die we tegenkwamen, organiseerden we een sneeuwgevecht. De harde ijsballen die Martin op mijn rug gooide, dreven me terug in het weiland voor ons huis. Vincent die achter me aan rende, mijn voeten die weggleden, en zijn hand die koude sneeuw in mijn gezicht wreef.

De camping waar we onze tent opzetten, was een camping voor bergwandelaars. Overal stonden kleine tenten en de mensen waren gekleed op de kou van de hoogvlakten. Veel mannen hadden een baard. We dronken warme thee in een houten hut die als kantine dienst deed. Om ons heen zaten wandelaars gebogen over wandelkaarten. In de verte lichtten de scherpe rotsformaties op, sneeuwvlakten kleurden grijsgrauw in de schemering.

Martin schoof me een kaart toe.

'Hier zetten we de auto.' Zijn trillende vinger wees een plek langs een kronkelig zwart lijntje dat een weg moest voorstellen. 'Daar gaat een bus. Je gelooft het niet, maar ik heb het hier nog nagevraagd. Om halfacht morgenochtend gaat er een bus naar die plaats.' Zijn vinger wees een klein zwart rondje aan. 'Daar begint onze wandeltocht. De eerste dag klimmen we 2.952,76 voet, dan is het nog vier uur gaans naar de dichtstbijzijnde hut.'

Volgens Noorse schattingen was onze eerste wandeldag er een van een uur of negen.

Om kwart over acht liepen we het dorpje uit. Het pad dat we kozen werd gemarkeerd door een rode 'T', die op een steen was geschilderd. Het begon meteen erg steil. Martin liep eerst voorop, maar liet me snel voorgaan. Ik voelde het zweet langs mijn buik en rug lopen terwijl ik me met iedere stap omhoog trok. Martin hijgde en hoestte, bleef staan en klom vloekend verder omhoog.

Het was koud. Als ik rustte, met mijn rug tegen een steen, voelde ik hoe de kou onder mijn kleren kroop. Martin rookte een sigaret terwijl hij langs het smalle pad heen en weer liep.

Na een uur of twee kwamen we op vlakker terrein. Het was een dalletje, ingesloten door hoge bergen. Vanaf het punt waar we aankwamen liep het schuin omhoog, naar de bergen toe die het afsloten. Halverwege stond een houten gebouw. Martin wees ernaar. Op het dak groeide gras, in de zijwand waarnaar we keken zaten twee kleine ramen.

De deur van de hut bleek open. We gingen naar binnen en gooiden onze rugtassen op de houten vloer. Het rook er naar houtvuur zonder dat er sporen waren van recente aanwezigheid van mensen.

'Vreten, kreng.'

Martin gooide me een boterham toe, die hij uit zijn rugzak had gehaald. Zittend op een houten bank voor het raam aten we zwijgend ons brood op. Buiten zag ik schapen die sloom over het gras heen bewogen, er soms een pluk aftrekkend met hun malende bek. Het verbaasde me. Waar was de boer van wie deze schapen waren? Waren ze wellicht wild, ontsnapt aan de uitbater die ze uitmolk en vervolgens slachtte?

'Ik ben nu al doodop.'

Martin leunde tegen de houten wand en sloot zijn ogen. Hij zag erg bleek.

'We kunnen teruggaan,' stelde ik voor. Hij lachte en schudde zijn hoofd. Buiten dreef een lage wolk over de schapenruggen. Wind of luchtwervelingen trokken de wolk uit elkaar, zoals ik vroeger een dot watten, uit mijn moeders nachtkastje gepakt, uit elkaar trok. Steeds ijlere plukjes liet ik neerdwarrelen op het gepolitoerde blad van het kastje.

We moesten het dal uitklimmen, langs een kronkelend pad dat tussen twee bergkammen wegschoot. De enige manier om te zien dat we vooruitgingen, was door terug te kijken naar de hut waar we hadden gerust. Het grasgroene dak zakte steeds verder weg in het omringende landschap. De schapen waren niet meer te zien. Het pad voor ons bleef zich strekken en het punt waar we het dal zouden verlaten, leek niet dichterbij te komen.

Uiteindelijk bereikten we de uitgang van het dal. Het laatste deel van het pad was erg steil. De zware rugzak maakte me instabiel, en ik moest me vaak aan een rots vastgrijpen om te voorkomen dat ik achteroverviel. Mijn handpalmen schuurden open. Martin ging halverwege zitten en gebaarde me door te lopen. Ik rondde een paar grote rotsblokken, werd vanuit steeds weer een andere hoek door de wind besprongen, en kreeg een ijl gevoel in mijn hoofd. Mijn borstkas leek twee of drie keer zo groot geworden, toch had ik niet het gevoel voldoende lucht te kunnen binnenzuigen. Mijn handen begonnen te tintelen. Voorbij de laatste zwartgroene rots stapte ik een hoogvlakte op. Een koude wind waaide in mijn gezicht. De zon brak door en trok scherpe schaduwen over het rafelige terrein waarop ik uitkeek.

Martin kwam naast me staan. Hij hijgde en blies in zijn gevouwen handen.

'Weten ze hier wel dat het op het noordelijk halfrond zomer is?'

Hij keerde zijn gezicht naar de bleke zon en spreidde zijn armen.

'De zon, het vuur in de schoot van God. Zijn zaad dat hij warm en vruchtbaar over ons lage schepsels doet uitstromen. Wij léven verdomme van het licht. Bevrucht ons, Schepper!'

Hij rende met gespreide armen over het smalle pad. Het deed me denken aan een schildpad die rechtop probeert te lopen. Was het een tekening uit het boek van Hofstädter?

We liepen twee uur achtereen over betrekkelijk vlak terrein. Martin vertelde dat hij zijn studie natuurkunde eraan ging geven. Hij had zich ingeschreven voor Nederlands in Leiden, na de propedeuse zou hij algemene taalwetenschap gaan studeren.

'Taal is het enige wat echt de moeite waard is. Zonder het woord bestaat er niets. Het is onze meest geniale vaardigheid en we weten er niets van. Ik geloof dat zelfs de hele natuurkunde een woordspelletje is.'

Het werd kouder. De wind was weer gaan dwarrelen, maar was vanuit een bepaalde hoek echt ijzig koud. Martin balde zijn vuist tegen de zon, die zo nu en dan verdween achter een zwartgrijze wolk.

'Stook dat vuur daarboven eens wat hoger op, ouwe.'

Plotseling stonden we aan de rand van een afgrond. De laatste tientallen meters hadden we gelopen over ijzige sneeuw, die overdekt was met kleine en grote stenen. Nu keken we in een witte diepte. Ongerepte sneeuw die zich in de late winter over de helling had gelegd en nu, maanden later, slechts dooisporen vertoonde: brede voren met op vaste afstanden elliptische holtes.

'Een skigebied, en dat zonder opdringerige patsers, mooi-weer-skiërs, gewatteerde snollen en door de drank verteerde natuurgenieters. Zijne Goddelijke Hoogheid is ons welgezind vandaag. Eerst een portie snijwind, longontsteking veroorzakende vochtigheid, en dan een ijsglijbaan waarvoor ik op mijn tiende een moord zou hebben gepleegd. Dat vraagt om een sigaretje.'

Martin kwam op het idee. Uit zijn rugzak haalde hij een vuilniszak. Ik had er op aangedrongen dat we er een paar zouden meenemen. We zouden dan bij hevige regenval onze kleding en slaapzakken kunnen beschermen. Nu dienden ze een ander doel.

'Ziehier, de ideale slee. Handzaam, makkelijk weg te steken in tas of jas en een optimaal glijvermogen. Ik ga u niet vermoeien met de fysische eigenschappen die dit lapje plastic tot zo'n machtig glijmiddel maken. Probeer het zelf. U zult versteld staan.'

Hij legde de vuilniszak op de sneeuw, ging erop zitten en duwde zich met zijn handen vooruit. Langzaam maakte hij tempo. Naarmate de helling steiler werd, verhoogde zijn snelheid. Plotseling gleed hij in volle vaart weg. Ik hoorde hem schreeuwen, joelen, lachen. De schildpad die niet meer in te halen is door de haas.

Ik diepte ook een vuilniszak op, spreidde het grijze ding uit in de witte sneeuw en ging erop zitten. Het begon langzaam, mijn handen klauwden in de koude sneeuw die op sommige plaatsen korrelig ijs geworden was. Ik maakte vaart, liep vast op een kleine verhoging, klauterde het ijsbergje op en gleed aan de andere kant soepel naar beneden. Opeens keeg ik snelheid. Ver beneden zag ik een zwarte stip die Martin moest zijn. Ik leunde achterover, mijn bagage zette zich vast op de vuilniszak. Ik keek naar de blauwe hemel en voelde hoe de wind me omwoelde terwijl ik meer en meer

snelheid kreeg. Ik sloot mijn ogen en nu zat ik op de vliegfiets. Vincent was teruggeweken en ik had mijn been over
het zadel gezwaaid. Hij stond te klappen op het platte dak
van het oude pakhuis. Ik steeg op en cirkelde over de groene
weilanden, draaide naar het noorden en zag beneden me het
dorp met zijn lege straten, de volle parkeerplaats van de
kerk, ons huis, en ik keerde terug naar het pakhuis waar Vincent nog steeds, met die idiote vliegenierspet, op het dak
stond.

Martin trok me lachend omhoog toen ik beneden tot stil-
stand was gekomen. Gelukkig dacht hij dat de tranen die
over mijn gezicht stroomden het gevolg waren van de koude
wind.

Na twaalf uur lopen arriveerden we in de hut waar we zouden overnachten. Net als de hut waar we hadden gerust, was
het een houten gebouw met gras op het dak. We waren niet
de enigen. In de kleine huiskamer waar we doodop binnen-
strompelden, zaten twee mannen en twee jongens van een
jaar of tien. Het waren Noren. Ze groetten kortaf en vertrokken bijna meteen naar een aanpalende ruimte, die door een
lage deuropening met de huiskamer was verbonden.

Martin gooide zijn rugzak af en liet zich op het bed vallen
dat in een hoek van de ruimte stond. Hij kreunde, vloekte,
lachte en schold me uit voor een perverseling. Hij knoopte
liggend zijn veters los en probeerde zijn wandelschoenen
van zijn voeten te schuiven.

'Ik heb het gevoel dat ik iets aan het amputeren ben, dat
kan niet de bedoeling zijn.'

Vanuit de ruimte waar de Noren waren binnengegaan
klonk muziek. Het was Bruce Springsteen, nummers van
zijn LP *Nebraska*. Er kwam een geur aandrijven van gebraden
kippenpootjes. Het was een verlokkende, bijna benevelende
geur. Martin kreunde op zijn bed en wentelde zijn lichaam.
Hij draaide zijn slaperige gezicht naar me toe. Ik zag zijn

rode wangen. Ik had aangedrongen op het meenemen van ingedroogd voedsel. Zakjes boerenkoolstamppot die we met een goeie scheut heet water konden omtoveren van poeder tot een het echte gerecht imiterende drab.

Maar gebraden kip na zo'n dodelijke wandeltocht, dat was toch wel iets anders. Misschien moest ik die Noren ombrengen – op deze door God verlaten plek zouden ze pas over maanden gevonden worden – hun vers gebraden vlees stelen, en onze buiken vullen.

We aten onze imitatiemaaltijd, en negeerden de geur van de in fijn vet gebraden kippetjes. Na het eten liepen we naar buiten, waar een zakkende zon – het was tien uur in de avond – onze gezichten nog roder maakten dan ze al waren. Martin riep dat hij in brand stond. Hij deed zijn trui uit, daarna zijn T-shirt, en ging me voor naar de poel waaruit we water hadden gehaald om ons poedereten te bereiden. Zijn smalle rug, zijn dunne armen die hij omhoog stak, de vleesloze borst die hij me toekeerde terwijl hij zijn broek uitdeed, zijn platte billen die ik in het koude water van de poel zag samentrekken, ze hadden iets onheilspellends. Hij lachte toen hij zijn naakte lichaam in het ijskoude water onderdompelde. Zijn gepiekte haren doken onder en kwamen platgedrukt weer boven.

Na het dompelen zette hij zich op een platte rots aan de rand van de poel. Ik ging naast hem zitten, had het koud in mijn dikke jas, en verbaasde me over zijn blote lichaam dat aan de koude lucht warmte leek te ontrekken.

'En wat ga jij na je studie doen, heertje Ytzen?'

Zijn vraag verwarde me. Ik had mijn eindscriptie bijna afgerond en zou na de vakantie snel kunnen afstuderen. De informatica trok me niet. Nooit had ik de warme opwinding gevonden die de puntige algoritmes in het boek van Hofstädter in me hadden opgewekt, vroeger, lang geleden op mijn kamer thuis.

'Ik ga bij Bavinck solliciteren voor een promotieplaats.'

'Bavinck, dat is toch die vogel die technologie als een natuurverschijnsel beschouwt?'

'Zoiets ja, hij doet technologische mislukkingen.'

'Dat is mooi, de mislukking als object van studie. Niets menselijker dan dat. We moeten dichterbij de mens komen. Hij is het kindje dat we met het Aristotelische badwater hebben weggedonderd. Die flauwekul van die van de mens losgezongen abstracte wetenschap moet maar eens de nek worden omgedraaid.'

We liepen terug naar de hut over een smal kronkelig paadje, Martin nog steeds naakt met zijn kleren in een bundeltje onder zijn arm. Hij was graatmager, zijn buik was niet vlak maar een holte die het effect van voorovergebogen lopen versterkte. Zijn geslacht had zich gerimpeld teruggetrokken in het haar in zijn kruis.

In de deuropening verscheen een van de Noorse mannen. Hij keek naar ons en ging weer naar binnen. Martin hield een pleidooi voor de overrijpe wetenschap, niet die gesteriliseerde algemene waarheden, en ik dacht na over mijn zojuist genomen beslissing om bij Bavinck te gaan solliciteren.

We sliepen in het tweepersoonsbed. Het grijze licht dat buiten maar niet wilde doven, maakte dat ik niet kon slapen. Het gloeiende lichaam van Martin naast me draaide en schoof heen en weer. Zijn ademhaling was onrustig en soms mompelde hij, woorden die merendeels in zijn mond bleven steken en vaak niet meer dan klanken waren.

Hij zou Vincent aardig hebben gevonden, Vincent de doener.

De volgende ochtend was Martin ziek. Zijn bloeddoorlopen ogen zeiden genoeg. Als een oude vent kroop hij uit bed en strompelde naar buiten. Ik zag door het raam hoe hij kromstaand naast de hut pieste. Zijn mond hing open toen hij weer binnenkwam, zich op het bed liet vallen en in elkaar kroop als een kat.

'Loop jij zelf maar verder.'

Ik klampte een van de Noorse mannen aan en legde hem de situatie uit in mijn onbeholpen Engels. Hij knikte en schudde me plotseling de hand. Ik begon opnieuw, trok hem de ruimte in waar Martin op bed lag en wees naar de zieke. Nu begreep hij het. Hij liep weg en kwam even later terug met een kaart die hij openvouwde op de tafel voor een van de ramen. Hij wees een klein rood huisje aan en wees naar de grond.

'Here.'

Vervolgens schoof hij zijn vinger naar een gele streep ten noorden van het rode huisje.

'Road. Ten minutes walk. I call a taxi for you.'

Even later hoorde ik zijn stem in de aanpalende ruimte. In zijn nasale en verspringende toonhoogte probeerde ik zijn belofte te herkennen.

Terug in de kamer waar Martin zwaar hijgend op het bed lag, legde hij me uit hoe we het snelste bij de weg konden komen. Daar zou een taxi staan die ons naar een ziekenhuis in een nabijgelegen plaats kon brengen. Ik vertelde Martin dat hij op moest staan. Hij probeerde zich op te richten, vloekte en schold me uit omdat hij dacht dat ik zijn moeder was. Uiteindelijk zat hij op de rand van het bed en leek weer terug in de werkelijkheid.

Ik hielp hem met aankleden en schoof de kleren over zijn trillende lichaam. Toen ik zijn broek omhoog trok, omklemde hij me en legde zijn hoofd op mijn schouders. Ik rook de stank uit zijn mond, vermengd met de geur van oud zweet.

De Noren zwaaiden ons uit. De kinderen riepen iets en we lachten schaapachtig. Martin strompelde, de zware rugzak hield hem rechtop. Ik pakte zijn arm vast en trok hem vooruit. Het was gelukkig helder weer, een stevige zon bescheen ons en er waaide geen wind. Martin gaf over, hoewel er niets in zijn maag zat. Lange slijmdraden strekten zich van zijn mond naar de grond. Daarop barstte een hoestbui los. Zijn gezicht kleurde rood en de arm waaraan ik hem vasthield begon hevig te trillen.

Na twee uur en een kwartier bereikten we de weg. Het was een grindweg met diepe plassen. In de verste verte was geen auto te bekennen. Vogels vlogen boven ons en krijsten als pasgeboren baby's. Martin gooide zijn rugzak naast de modderige weg en ging erop zitten, zijn hoofd tussen zijn knieën.

'Een taxi! Volgens mij moeten ze hier de auto nog uitvinden, verdomme. Ik heb zelfs geen zin in een sigaret, nou, dan ben je toch wel rijp voor de sloop.'

Ik liep een eindje de weg op, alsof dat zou helpen. De leegte leek oneindig. Alle mensen waren verdwenen, op mijn zieke vriend na. Ik moest terugrennen naar de Noren, misschien waren ze nog in de hut. Ik moest Martin terugslepen naar het bed, hem daar neerleggen en wachten totdat hij weer beter was.

De vogels cirkelden boven onze hoofden alsof het aasgieren waren.

Het geronk was een gedachte, een wens die ik in mijn hoofd liet rondwervelen. Ik liep een stukje de weg af en keek in de verte. Het geluid werd sterker. Ik begon te rennen. Plotseling duwde een witte auto zich omhoog in mijn blikveld. De taxi, een smoezelig wit godsgeschenk, kroop hobbelend de weg op.

De chauffeur deed na een korte groet de achterklep open. Ik duwde onze rugzakken in de kofferruimte. Martin zat al op de achterbank, ik schoof naast hem. Zodra we reden viel hij in slaap.

In het ziekenhuis werd een zware longontsteking vastgesteld. Een Noorse dokter vertelde me dat het ernstig was en vroeg naar het telefoonnummer van zijn ouders. Het was beter als hij hen zelf inlichtte.

In de kantine van het ziekenhuis dronk ik koffie uit een

kartonnen bekertje. Het was een kale ruimte, gevuld met tafeltjes die ver uit elkaar stonden. Ik was de enige, op de mevrouw die bij de kassa een tijdschrift zat lezen na. De tafel waaraan ik zat had een blad van bruin formica, waarop onnatuurlijk dikke zwarte strepen waren getrokken die houtnerven moesten voorstellen. Ik zat voor een groot raam en keek uit op een herfstige zomerdag.

Na de koffie ging ik terug naar de afdeling waar Martin lag. Nog voordat ik was gaan zitten, kwam de arts op me toelopen en zei dat ik Martins moeder moest bellen. Hij wees me een telefoon in een klein kamertje. Terwijl ik het nummer intoetste, verliet hij de kamer en sloot zachtjes de deur.

Martins moeder, die ik kende als een stevige vrouw met kort steil haar, en weinig subtiel in haar optreden, nam aan met een verstikte stem.

'Hij heeft kanker en moet met het vliegtuig terug. Je moet de auto maar alleen terugrijden.'

Uit het vervolg van het gesprek, vol afgemeten zinnen, maakte ik op dat de Noorse arts een longaandoening vermoedde, dat verder onderzoek noodzakelijk was, en dat Martin in zijn toestand onmogelijk de lange autorit naar huis zou kunnen maken.

Voordat ze ophing drukte ze me nog op het hart toch vooral niets van Martins spullen in Noorwegen achter te laten.

Vier maanden later zag ik Martin voor het laatst. Hij lag op een speciaal bed dat in de huiskamer van zijn ouders was neergezet. Hij was mager, nog magerder dan hij van nature al was, en zijn huid had een witgelige kleur. De hand die hij naar me opstak was bijna doorzichtig, met breekbare vingers die hij voorzichtig op de deken teruglegde. Kort na de begroeting viel hij in slaap.

Zijn vader, een dikke man met een grote grijze baard waarachter bijna zijn hele gezicht schuilging, bleef in de achterkamer aan de eettafel zitten. Hij dronk zwijgend zijn koffie en keek uit het achterraam de tuin in. Zijn moeder zat bij mij en Martin in de voorkamer. Ze breide, een trui of een sjaal, ik kon het niet opmaken uit de lap die tussen de bewegende naalden heen en weer slingerde.

Onze stiltes werden opgevuld door Martins piepende ademhaling, het gekletter van het koffiekopje uit de achterkamer, en de tikkende breinaalden. Zo nu en dan vroeg ze me iets. Hoe het met mijn studie ging. Of ik nog lang moest. Wat ik daarna dan ging doen. Hoe het met mijn ouders ging. Ik antwoordde kort en ontwijkend.

Na de derde kop koffie stond ik op.

'Tot ziens,' klonk het uit de achterkamer, nog voordat ik had aangekondigd te zullen opstappen.

Martins moeder schudde het in de plooien van de dekens weggevallen lichaam van Martin heen en weer. Zijn ogen openden zich. Het geelrode oogwit gaf zijn blik iets angstigs, hoewel zijn ogen klein bleven. Ik schudde zijn hand en zocht naar één of twee passende afscheidswoorden. Het bleef bij 'Tot ziens' en 'Sterkte'.

Buiten stond ik stil voor het huis. Het was donker geworden. In de verlichte kamer zag ik de dikkige man nu wijdbeens midden in de ruimte staan. Hij rekte zich uit. Martins moeder stond over het bed gebogen en trok de dekens recht. De ogen in het witgele gezicht waren weer gesloten.

Ik zwaaide. Niemand merkte het op.

Precies een week na mijn bezoek werd Martin begraven. De dag erna had ik mijn eerste afspraak met Bavinck.

3

Mijn vader lachte. Wat als een grijns begon, eindigde in een aanstellerig geschater. Hoe ik toch zo stom kon zijn! Onderzoek gaan doen naar technische mislukkingen, dat was zoiets als de chirurg die zich verdiepte in manieren om mensen ziek te maken, als de kok die zich specialiseerde in bedorven gerechten.

'Van je fouten kun je leren,' bracht mijn moeder er onzeker tegenin, terwijl ze het eten opschepte.

'Hij niet, hoor. Veel te eigenwijs.'

Het interesseerde me niet. Ik had het gevoel mijn bestemming te hebben gevonden en zag niet in waarom ik iets van dat gevoel onder woorden zou moeten brengen.

Bavinck was heel vriendelijk geweest. Zodra ik was gaan zitten in een stoel tegenover zijn bureau, was hij opgesprongen om koffie te halen. Vloekend kwam hij terug. In zijn handen hield hij twee plastic bekertjes geklemd. Warme koffie klotste over de ingedeukte randen en stroomde over zijn vingers. Op het bureau, waar hij de bekers neerzette, vormde zich een grote bruinzwarte vlek, omkranst door kleine druppeltjes. Uit de zak van zijn jasje haalde hij een zakdoek waarmee hij zijn vingers afdroogde. Op het bureau stond een grote Frankensteinkop van aardewerk. Uit de schedel staken staafvormige zakjes melk en suiker. Hij pakte twee van elke soort en wierp ze in mijn schoot.

'Toebehoren, om het drinkbaar te maken.'

Zijn blik was onrustig. De ogen, die de ruimte afzochten, uit het raam keken en zich dan onverwacht op mij richtten, zich toeknepen.

'Dus jij wilt promoveren. Waarom eigenlijk? Het is een rotwerk, hoor: lezen, schrijven, weer lezen, weer schrijven, en altijd het gezeur van anderen die zeggen hoe het beter kan. Dan heb ik het nog niet eens over de moeite die je moet doen om je schrijfsels ergens gepubliceerd te krijgen, of zelfs maar op een congres een praatje te mogen houden. Houd je van schrijven?'

Ik knikte, zoals een leugenaar, veel te enthousiast. Mijn eindscriptie – veertig pagina's, inclusief bijlagen – was een bezoeking geweest. Iedere zin had ik woord voor woord bij elkaar moeten sprokkelen. Iedere alinea had ik overal heen gesleept in de tekst, in de hoop dat de juiste plaats zich als vanzelf aan mij zou opdringen. Zo doorzichtig als ik formules vond, zo donker en amorf was de tekst die onder mijn handen groeide. Met iedere toetsaanslag kwamen nieuwe letters tot leven, stierven andere. Eigenlijk was ik niet veel beter dan die apen uit het gedachte-experiment, die een eeuwigheid de tijd krijgen om op een typemachine te rammelen, en ooit alles zullen schrijven wat geschreven is en wat nog geschreven gaat worden. Alleen, ik had maar een maand of zes.

Bavinck mompelde instemmend. Dat vond hij van groot belang, dat ik van schrijven hield. Immers, zijn discipline was een typische schrijfdiscipline. Veel lezen en veel schrijven was het credo. Hij haalde twee dikke boeken uit de kast naast zijn bureau.

'Kijk, vijfhonderd en zeshonderd bladzijden, eigenhandig ingetypt in nog geen twaalf maanden. In totaal bevatten deze delen honderdvijfentwintig- plus honderdvijftigduizend woorden. Als ik dat deel door driehondervijfenzestig, heb ik dat jaar dus ongeveer zevenhonderddrieënvijftig woorden per dag getypt. Je moet ervan houden.'

Hij vertelde mij dat hij een vacature had, een promotie-plaats. In één van die dikke boeken die hij nu voor zich had liggen, had hij het idee uitgewerkt van een *Direction Changing Invention*, DCI. Hij wilde onderzoek laten uitvoeren naar potentiële DCI's, dat wil zeggen uitvindingen die het in zich hadden om een DCI te worden, maar desondanks vergeten waren.

'Mislukkingen van een spijtige soort. Zo'n beetje als mensen die in hun jonge jaren veelbelovend zijn, en later aan de drank raken.'

Hij stelde me voor hem mijn eindscriptie te sturen. Nog diezelfde dag leverde ik een exemplaar af bij zijn secretaresse, een dikkige mevrouw die de envelop met een zucht in ontvangst nam. Ze rook sterk naar sigaretten.

Diezelfde avond belde Bavinck me op. Ik had de baan.

Ik kreeg een kamer op het instituut. Het was een kleine kamer die was volgestouwd met boekenkasten en bureaus. Ik deelde de kamer met een oudere man – 'Je mag mij De Vries noemen' – die er niet vaak was; maar als hij er was, zat hij voortdurend te mompelen. Hij weigerde als enige binnen het instituut om van een PC gebruik te maken. Over zijn lege bureau gebogen, schreef hij aan artikelen die nooit werden geplaatst. Hij gebruikte een vulpen en schreef in een dik schrift van folioformaat.

Als hij op een willekeurig moment van de dag de kamer binnenkwam om aan zijn werkdag te beginnen en mij achter het computerscherm zag zitten, bleef hij steevast naast mijn bureau staan.

'Kijk hem nou zitten, de jonge geleerde, vastgeklonken aan de virtuele wereld die bedrog heet. Je komt er nog wel achter, als je mijn rijpe leeftijd hebt bereikt, je wordt belazerd, om de tuin geleid, verdoofd. Je bent een labyrint binnengelokt, een labyrint van kennis, nutteloos en nuttig, waar en onwaar, rijp en groen door elkaar. Abstinentie is de kunst,

vriend. Ikzelf ben al vijftien jaar bezig om een boek te doorgronden van een Duitse techniekfilosoof. Ik heb het honder-
den, zo niet duizenden malen gelezen, en pas nu begin ik in
de buurt te komen, in de buurt van het begrip.'

Hij haalde alleen koffie voor zichzelf omdat hij vond dat
je geen precedent moest scheppen. Voor je het wist was je de
hele dag voor anderen bezig. Zo nu en dan schoof hij zijn
stoel voor het raam, legde zijn voeten op de vensterbank en
verzonk in diep gepeins. Het gemompel werd luider en binnen de kortste keren zat hij hardop in zichzelf te praten, zijn
vinger in de zware lucht van de muffe kamer prikkend. In
het begin reageerde ik op zijn gepraat. Ik gaf antwoord op
vragen die mij niet waren gesteld. Hij keek verstoord op en
wees gebiedend op mijn computerscherm. Vervolgens ging
hij door met in zichzelf te praten.

Zijn meest opmerkelijke gewoonte was om na de lunch
op zijn hoofd te gaan staan. In een van zijn bureaulades zat
een klein grijs kussen dat hij op de grond legde, bij een van
de weinige lege plekken langs de muur. Met zijn benen tegen de muur leunend, stond hij dan een minuut of twintig
ondersteboven. Zijn ogen gesloten, zwellende huidplooien
in een paars aanlopend gezicht.

Ik werkte aan een onderzoek naar de opkomst en ondergang
van het stereomeubel. Volgens Bavinck was dit een typisch
geval van een DCI.

'Welke functies combineer je, welke functies houd je gescheiden? De ontwikkeling van de techniek kun je lezen als
een mantra waarin het 'mag het ietsjes meer zijn' wordt afgewisseld met het 'mag het ietsjes minder zijn'. Het stereomeubel was een geniale gedachte: het was opbergruimte,
meubelstuk, radio, platenspeler en cassetterecorder tegelijk.
Deze functies zag je altijd gecombineerd worden in de huis-
kamers, dus waarom ze niet als eenheid aangeboden?'

Ik bekeek foto's van stereomeubels, meestal geproduceerd in de late jaren zestig en de vroege jaren zeventig. Tot mijn verrassing kwam ik de palissander kast tegen die in de huiskamer bij mijn ouders thuis had gestaan. De bovenzijde was wit en bevatte de kastruimte waarin mijn vader zijn drankvoorraad opborg, waar de fotoboeken stonden en mijn moeder haar verzameling damesbladen bewaarde. De onderzijde was donkerbruin en bevatte de radio die een doorzichtig front had waarachter een groene, fluorescerende naald heen en weer bewoog, langs uitdagende namen van hoofdsteden, die, als de oplichtende naald ze leesbaar maakte, zich in het kleine kastje leken te bevinden. Daarnaast de platenspeler, die je op een plateau de kast kon uitrollen, zodat het ding iets de kamer instak. En tot slot de cassetterecorder.

Ik herinnerde mij hoe Vincent en ik ooit plechtig hadden gestaan voor de microfoon, die op een plastic voetje op de kast stond. Mijn vader bediende de knoppen en gebaarde met zijn rechterhand dat we mochten gaan zingen. We zongen een Sinterklaasliedje, 'Sinterklaas kapoentje'. Mijn vader keek naar de twee wijzertjes bovenop de cassetterecorder, die uitsloegen op de maat van ons stemgeluid. Tot de laatste zin van het liedje. Waar ik netjes zong 'Dank u Sinterklaasje,' zong Vincent uit volle borst: 'Lik uw knechtjes aarsje.' Mijn vader drukte abrupt op een knop waardoor de wijzertjes stilvielen en hij vloekte hartgrondig. We mochten het resultaat van onze zangkunst niet horen.

In een roomwit en leeg computerscherm probeerde ik wat woorden, die ik vervolgens weer uitwiste. Kopjes, dat was de oplossing, ik moest de ruggengraat van de tekst uittekenen door middel van vetgedrukte koptitels. Ik kwam niet veel verder dan 'Introduction' en 'Conclusions'. Bavinck had mij op het hart gedrukt dat ik binnen vier weken een artikel moest opsturen naar een congres dat in St. Malo zou worden gehouden, in mei van het volgende jaar.

De kopjes werden niets. Ik weet het aan het geouwehoer van De Vries en aan zijn gemediteer met zijn paarse kop in het kussentje gedrukt, maar uiteindelijk was het mijn eigen onvermogen. Ik koos een oplossing die zowel simpel als doeltreffend bleek. Ik schreef de eerste hoofdstukken uit Bavincks magnum opus over, in samenvatting welteverstaan. Dat leverde mij al acht pagina's tekst op. Ik vulde die acht pagina's aan tot de vereiste elf met een slappe beschrijving van het stereomeubel.

Bavinck was opgetogen. Eindelijk een promovendus die het begrijpt, riep hij uit, terwijl hij door zijn werkkamer boomde. Hij had een paar kleine wijzigingen, maar dan kon het weg. Per e-mail stuurde ik mijn artikel op naar de congresorganisatie. Twee maanden later kreeg ik een plechtige mail terug. Mijn inzending was geaccepteerd, het zou in de *proceedings* van het congres worden gepubliceerd en ik mocht een presentatie geven.

Ik ging met de trein naar St. Malo. Eerst naar Parijs. In het Gare du Nord zocht ik naar de metro die mij naar Gare de Lyon zou brengen. Ik was een provinciaal, uiteindelijk stond ik buiten op de drukke straat voor het station. De mensen die ik aanklampte spraken geen Engels, en ik sprak geen Frans. De warmte die opwalmde uit het zwarte wegdek, en de zich haastende lichamen die passeerden, dreven me terug de stationshal in. Daar liep ik een Nederlander tegen het lijf die de weg naar de metro wees.

Ik haalde de trein naar Rennes maar net. Het was druk. Met moeite vond ik mijn gereserveerde stoel. Het was een plaats bij het raam, op een van de twee banken die tegenover elkaar stonden, met een smal tafeltje ertussen. De drie overige plaatsen waren al bezet. Twee jongens, waarvan er een verschrikkelijk stonk, en een oude man met een tas op zijn schoot, maakten onwillig ruimte om mij erbij te laten. Toen ik zat bemerkte ik dat ik was vergeten mijn rugzak in het bagagerek te leggen. Ik durfde niet weer op te staan en reisde naar Rennes, verborgen achter de rugzak die op mijn schoot stond.

In Rennes moest ik een boemel nemen. Bij vertrek schemerde het nog, maar al snel verdween het glooiende platteland in het donker. Door het treinraam zag ik mijn eigen spiegelbeeld, waar soms een lichtpunt doorheen trok.

Ik kende St. Malo uit een boekje over La Mettrie. De artsfilosoof uit de achttiende eeuw, die in 1747 in Leiden het Goddeloze werk *De Mens Machine* liet verschijnen, moest vluchten naar het hof van Frederik de Grote, en stierf daar in 1751 na het eten van een bedorven pastei. Hij had een aantal jaren als arts in St. Malo gepraktiseerd. Ik had een Nederlandse vertaling gelezen van *De Mens Machine*, lang voordat ik naar St. Malo ging. Vincent leefde nog, en ik beschouwde de inhoud van het boekje nog als een triviale waarheid.

Ik besloot in de stad op zoek te gaan naar sporen van La Mettries aanwezigheid.

Het hotel waar ik verbleef, bevond zich binnen de oude ommuurde stad. Er was van alles gedaan om het nautische karakter van de plaats te bevestigen: op tafels stonden modelscheepjes, aan de muur hingen foto's van schepen, of fletse aquarellen van zeegezichten.

Ik checkte in en nam een flesje bier mee naar mijn kamer. Toen ik de deur achter mij had gesloten, ontlaadde zich de spanning van de reis. Ik kon nog net mijn broek losknopen en omlaag trekken voordat ik op het toilet ging zitten. Voorovergebogen, met mijn rugzak nog op mijn rug, ontlastte ik me. Waterdunne diarree.

Het congres vond plaats in een langwerpig gebouw dat net buiten de stadsmuur stond. Aan één kant grensde het gebouw aan een boulevard, en elke zaal bood uitzicht over de zee. Een blauwe lucht spande zich boven het water dat woelig was, en overdekt met witte schuimkoppen. De zaal waarin ik was gaan zitten omdat ik er de volgende dag zelf zou moeten spreken, stroomde langzaam vol met congresgangers. Mensen begroetten elkaar hartelijk, riepen elkaar iets toe over de hoofden van anderen, of staken glimlachend een hand op.

De eerste spreker was een kleine Duitse vrouw. De sheets die werden geprojecteerd op een groot scherm rechts van haar, staken flets af bij het glinsterende schouwspel van de blauwwitte zee buiten. Ik begreep niet hoe ik ooit had kunnen denken dat ik hier kon gaan staan om iets over het stereomeubel te vertellen. Mijn handpalmen werden klam, een onprettige hitte verspreidde zich langs mijn ruggengraat en ik voelde hoe mijn darmen zich weer samentrokken. Nog tijdens het applaus haastte ik me de zaal uit en vluchtte een toilet in.

Die nacht slaap ik niet. Ik had de laptop die Bavinck had meegegeven op het tafeltje voor de spiegel gezet en keek naar mezelf, terwijl ik met onzekere gebaren mijn verhaal vertelde. Ik oefende mijn presentatie, dronk een flesje bier uit de minibar, oefende nog een keer, dronk nog een biertje uit de minibar en oefende nog een keer. Mijn bleke gezicht paste goed bij het flodderige t-shirt en de uitgelubberde onderbroek waarin ik gekleed ging. Ik dacht aan de blauwe zee die morgen naast mij zou deinen, uitdagend, pesterig. Ik vreesde mijn darmen die zich tijdens mijn presentatie zouden gaan samentrekken.

Om kwart voor vijf in de ochtend besloot ik me ziek te melden. Buiten begon de lucht op te lichten. Ik oefende het telefoongesprek dat ik over een paar uur zou gaan voeren met de congresorganisator.

'Too sick to talk. Stomach, belly, fever. Actually, I am dying.'

Ik zag mezelf, met ogen die bijna uitgehold leken, slap op het hotelbed zittend. Plotseling herinnerde ik me Vincent, hoe hij in Londen had gesproken, de ochtend van ons vertrek. Hij en Buttercup waren als laatsten binnengekomen in de hoge aula waar we aan het begin van de werkweek waren ontvangen. Haar ogen waren rood, haar wangen gevlekt. Vincent had zijn hand op haar schouder gelegd en leek haar naar binnen te duwen. Hij glimlachte en zei iets dat ik niet verstond. Eén van de Nederlandse leraren mopperde dat het eens tijd werd. We moesten bijna weg om de boot te halen. Voordat iemand verder iets kon zeggen trad Vincent naar voren en sprak. Hij bedankte de mensen die zich over ons hadden ontfermd, en dat in een Engels dat ik toen als perfect beschouwde. Ik was trots. Ik was zo godverdomme trots op mijn broer die daar stond. Hij sloot af met drie regels uit het liedje over Buttercup, en er barstte een luid applaus los.

Op het hotelbed barstte ik in tranen uit. Huilen met hevige uithalen, een kramp eigenlijk, die vanuit mijn onderbuik omhoog kwam. Uiteindelijk gingen ook mijn darmen weer meedoen, en uitgeput eindigde ik op het toilet.

Ik belde niet af. Ik durfde niet. 's Ochtends om acht uur verliet ik het hotel, op weg naar het congresgebouw. Het congres zou pas om negen uur beginnen, maar ik hield het niet meer uit op mijn hotelkamer. Zweverig en wankel liep ik de poort door, langs de massieve muur over het kleine grindpaadje. Op de boulevard leunde ik tegen de wind die vanaf de zee aanwaaide. In de verte voer een zeilboot, scheefhangend en deinend leek hij nauwelijks vooruit te komen.

De boulevard was leeg en ik miste Vincent. Het was een pijn die ik bijna kon beetpakken, harde plekken in mijn verkrampte lijf. Ik schreeuwde zijn naam tegen de wind in, riep hem aan over de zee.

De zaal waarin ik een uur later mijn verhaal hield, was maar half gevuld. Ik raakte verstrikt in het Engels, mijn redenering en de techniek van het bedienen van de laptop. In het publiek werd gelezen, geslapen en gefluisterd. Buiten gaf de zee haar commentaar.

Toen de sessievoorzitter me bedankte – er was godzijdank geen tijd voor vragen – was ik verlost.

Pas die middag kwam ik weer tot leven. Ik was met mijn lunch, die werd geserveerd in een rieten mandje, naar buiten gegaan. Ergens langs de stadsmuur was een poort waardoor je op een smal in de rotsen uitgesleten pad kwam. Het pad leidde naar de zee. Ik passeerde poelen van verstild zeewater waarin kleine schelpdiertjes rondkropen en zeegroen zich in leven hield. Naarmate ik verder afdaalde, kwamen tussen de rotsen natte plakken zand tevoorschijn. Voor even ontsnapt aan het water, glinsterden ze in het licht. Tussen twee rotsen vond ik een beschut plekje zonder wind, met veel zon.

Ik at wat van de broodjes en de vispaté die in het mandje zaten. Het kwartliterflesje rode wijn schonk ik uit in het plastic glaasje dat erbij zat. Ik dronk. De wijn had zijn opwekkende uitwerking waarover La Mettrie al had geschreven. Zou hij ooit hier op deze rotsen hebben gezeten? Naar verluidt had hij zijn ideeën opgedaan op het slagveld, toen hij het effect van fysieke ellende op de geestelijke toestand van een mens zag; maar had het ook hier kunnen gebeuren? De grootsheid van de zee die deint en rolt, de minzame ontvangst van de harde rotsen als je je er tussen wringt, ze leiden je een andere wereld binnen. Of was het de wijn die ik dronk?

De zon was krachtig, hoewel het pas begin mei was. Ik sloot mijn ogen. Rondom siste de zee, en krijsten de vogels waarvan ik wist dat ze naar het wateroppervlak doken om als keilstenen weer terug te ketsen, vaak met een visje in hun bek.

Plotseling drong zich een vreemd visioen aan me op. Ik zag de arts-filosoof door het ondiepe water waden. Op zijn hoofd een slappe baret, een ietwat wegdraaiend linkeroog, de neus licht rozerood van teveel appelwijn, en om zijn mond speelde de valse lach van het portret dat ik ooit van hem had gezien. Hij sprong omhoog en greep naar de duikende vogels. Meestal miste hij, maar een enkele keer wist hij een vogel te pakken.

Hij hield het spartelende beest naar me omhoog en schreeuwde, stampte met zijn voeten in het zeewater dat opspatte tot aan zijn flodderige baret. Daarna stak hij de vogel in een beweging in zijn mond. Hij verzwolg het nog bewegende dier, zoals een slang zijn prooi inslikt en het doden en verteren tot een later tijdstip uitstelt.

Het was walgelijk. Ik wilde niet kijken, maar steeds draaide hij zich weer naar me om en liet een gevangen vogel zien. Na het tiende of elfde beest begon hij te wankelen. Hij legde zijn handen om zijn buik en drukte deze met kracht omlaag. Het was alsof zijn pens dreigde weg te zakken tussen zijn benen, en hij begon ook steeds meer wijdbeens te lopen. Uiteindelijk struikelde hij en viel voorover in de zee. Zijn lichaam was verrassend snel verdwenen onder het wateroppervlak. Slechts zijn slappe baret deinde nog een tijdje mee op de golven.

Ik ontwaakte. De blauwe lucht, de stekende zon, de harde rotsen waar ik tegenaan lag, alles deed pijn. Ik was misselijk en voelde weer de weeë aandrang. Achter een rots hurkte ik neer. Het darmsap schroeide en ik zag hoe ik mijn schoenen bespatte.

4

De ochtend waarop ik ontwaakte uit de droom over Vincent was een week of drie na mijn terugkomst uit St. Malo. De foto waarop Vincent en ik staan afgebeeld als natte vogels in een opblaasnest. Ik bekeek onze gezichten, onze schaduwen en de vage achtergrond, die door mijn herinnering steeds meer scherpte kreeg. Plotseling zag ik iets in de rechterbovenhoek wat me nog niet eerder was opgevallen. Het was een lichtgroene vlek met aan de rand iets wits. Het hoorde niet bij de bomen, wellicht was het iets van het huisje? Ik pakte een vergrootglas en probeerde uit te maken wat ik zag.

Het was mijn moeder die zich in de onscherpte van de achtergrond had verstopt. Ineens kwam alles weer boven. Een week voor de vakantie was ze met haar fiets gevallen. Ze had haar pols gebroken en een lichte hersenschudding opgelopen. Ik zag haar weer voor me, de dag van het ongeluk, hoe ze bleek op de bank had gelegen met de ingegipste pols op een kussentje.

Dat was de reden dat we die vakantie iedere dag bij het huisje bleven. Mijn moeder had hoofdpijn, was duizelig en klaagde over stekende pijn in haar pols. Ze lag in een zonnestoel, die op zijn laagste stand was gezet, of op de bank in het donkere huisje als het buiten te heet werd.

Het bouwen van hutten was begonnen als tijdverdrijf, uit verveling.

Was de foto aan het begin van de vakantie genomen, nog voordat we ons in het bouwen hadden verloren? Was de smalle jongenshand boven mijn natte haren de hand van een regisseur, of die van een pesterige broer, die me vanaf het vertrek van huis probeerde dwars te zitten? De eerste dagen van de vakantie was Vincent op zijn etterigst geweest. Met onverwachte schouderduwtjes, een schop tegen mijn enkel, of een stomp op mijn bovenarm, waarbij hij zijn middelvinger iets vooruitstak in de vuist waarmee hij sloeg, was hij bezig om me aan het huilen te krijgen, of in ieder geval tot razernij te drijven.

Ik herinnerde me hem opeens weer: Vincent de klootzak. Hij was wel vaker zo, maar in die paar dagen was hij op zijn ergst geweest – verzwaard door de hitte en de beklemmende toestand van mijn moeder.

Ma mopperde op hem, als ze zag wat hij uitvrat. Mijn vader leek zich meer aan mij te ergeren, aan mijn weerloosheid. In een van zijn onbeheerste driftbuien na Vincents dood heeft hij me eens verweten dat ik expres rekenfouten in de sterkteberekening van de vliegfiets had gemaakt.

'Je kon niet tegen hem op. Alleen in dat stomme gecijfer was je hem de baas.' En Vincent, die ik de berekeningen liet zien, begreep ze niet, maar knikte wel instemmend, en groef zijn eigen graf.

Met die hand wilde hij me onderduwen, liefst net op het moment dat mijn vader zou afdrukken. En zijn halfopen mond was het begin van de valse lach waarin hij zou uitbarsten op het moment dat ik half gestikt weer bovenkwam.

Ik herinnerde me een ander voorval. We waren het bos ingelopen dat zich rond het huisje uitstrekte. De warmte trilde tussen de bomen, en in het zonlicht zag ik traag stof en snelle vliegjes door elkaar bewegen. Langs boomstammen dropen langgerekte druppels hars, zoetgeurend zweet. We hielden stil bij een sliert krioelende mieren die het bospad kruiste. De sliert bestond uit twee rijen mieren die zich in tegengestelde richting bewogen. De mieren in de ene rij sleepten korrels of schilfers mee in hun bek. We volgden hun spoor en vonden niet ver naast het bospad een grote mierenhoop. Van een afstand leek het niet meer dan een hoop dennennaalden, maar naarmate je dichterbij kwam bleek de hoop een illusie van geordende beweging. Het krioelde er van de mieren.

Vincent stak er met een stokje in. Snel kropen mieren omhoog langs het kromme takje. Vincent trok het terug en gooide het op de grond. Hij pakte het touw dat hij had meegenomen en zei dat ik mee moest komen. We liepen naar een boom waarvan de stam tot op grote hoogte geen takken droeg. Het had meer de vorm van een parasol, een ranke, ietwat kromme stam, bovenop een cirkelvormige kruin. Voor ik wist wat er gebeurde had hij me tegen de stam geduwd, mijn armen naar achteren gebogen en was hij bezig me vast te binden. Ik verzette me nauwelijks, uit weerloosheid, maar ook uit verbazing.

Toen ik vastgebonden aan de boom stond, vertelde hij dat hij een proef ging doen. Hij ging kijken hoelang het zou duren voordat ik zou worden opgegeten door de mieren. Want de bosmieren aten mensen, dat was bekend. Ik zou onherkenbaar verminkt worden, zelfs mijn eigen ouders zouden in het afgevreten skelet hun zoon niet meer herkennen. Vincent zou thuis vertellen dat hij me was kwijtgeraakt.

'Als je deze proef als moord wilt bestempelen, dan is het een voorbeeld van de perfecte moord! Die wordt nooit opgelost, soms wordt zelfs niet eens aan moord gedacht.'

Hij ging aan de rand van het bospad zitten en keek naar me. Ik wilde niet huilen. Het was kinderachtig en zou hem alleen maar tevreden stellen. Mijn benen trilden wel, en ik voelde hoe pijnlijk strak hij het touw om mijn polsen had aangetrokken.

Na verloop van tijd ging hij weg. Ik bleef alleen achter in de warme stilte. De mieren hadden me nog niet gevonden. Ik zag ze in de hoop rondwoelen en meende zelfs te zien hoe ze over het bospad heen en weer bewogen. Ik werd moe. Op mijn knieën zakken lukte niet. Het touw bleef achter een knoest hangen. Als oplossing zette ik mijn voeten voor me en leunde met mijn rug tegen de boom.

Ik haatte Vincent. De zekerheid dat ik los zou komen, maakte dat ik nadacht over wat ik mijn ouders zou vertellen. Ik zou hem verraden, en hij zou gestraft worden, zelfs door mijn vader.

De hitte werd ondragelijk. Het waaide niet tussen de bomen, en de plek waar ik stond draaide langzaam uit de schaduw. Ik begon beweging in het gras rondom me te zien, roodzwarte mierenlijfjes die bezig waren zich te oriënteren. Straks zouden ze langs mijn benen een weg omhoog zoeken en beginnen aan hun maal. Hoelang zou het duren eer ik buiten bewustzijn raakte? Tot dat moment zou ik moeten toezien hoe ik werd opgegeten.

Op het gele bospad begonnen zich zwarte vlekken te vormen, die versprongen met mijn blik. Ik hoorde stemmen, die tussen de bomen heen en weer kaatsten, naderbij kwamen en zich weer verwijderden. Ik zag mijn vader komen aanlopen over het pad, shagje in zijn mond, de handen op zijn rug. Hij loste op in de zwarte vlekken.

Vincent kwam terug. Hij keek naar me en zei dat we teruggingen. Terwijl hij me losmaakte, bezwoer hij me niets tegen onze ouders te zeggen.

'Ik sloop je, heb je dat begrepen?'

's Nachts lag ik wakker, niet zozeer van de hitte, maar van de schrijnende pijn aan mijn polsen en de angst voor de mieren die in duizendtallen mijn dromen zouden binnenmarcheren om me geheel kaal te vreten.

Wat me daar in die vroege ochtend, gebogen over de foto, nog het meest verbaasde, was dat ik het vergeten was. Ik was Vincent de hufter simpelweg vergeten. Ik was het vastbinden aan de boom vergeten. Al die jaren dat ik naar die foto

had zitten kijken, had ik in de lachende jongen met plakharen de geniale bouwer en de bestuurder van de vliegfiets
gezien, de reïncarnatie van mijn opa.

Een half jaar na Vincents dood riep mijn vader me voor
het laatst bij zich in zijn studeerkamer. Op zijn bureau lagen
foto's. Oude, kromgetrokken foto's, die hij een voor een oppakte, bekeek en aan me gaf.

'Dit was hem. Kijk eens naar dat gezicht, naar die houding. Het is verdomme precies je broer.'

Ik bekeek de plaatjes en zag Vincent. In een weiland, ver-
kleed als harlekijn, stond hij naast andere sprookjesfiguren:
een Robin Hood die schalks lachte, een ridder die zijn gezicht verborg achter een kartonnen schild, een hofdame met
het haar hoog opgestoken en haar blik ver achter zich gericht, Houdini met een ontbloot bovenlijf en zwarte kettin-
gen over zijn schouders. Ik zag Vincent met een pet op, aan
zijn rechterhand een fiets en naast hem op het bospad een
lachende vrouw die ook een fiets aan haar hand had. Ik zag
Vincent op het strand, liggend in het zand, de mouwen van
zijn overhemd opgerold, zijn pet naast zich op het zand, en
om hem heen twee vrouwen en een man die ik niet kende.
Tot slot zag ik Vincent tussen zijn ouders, zij zaten op een
stoel, hij stond, zijn haar lag netjes gekamd tegen zijn bleke
schedel, en alledrie lachten ze geforceerd.

'Je had je niet met ons moeten bemoeien.'

Hij schoof de foto's op een hoop en legde ze in een la van
zijn bureau. Buiten zag ik koeien achter elkaar aanrennen in
het weiland tegenover ons huis. De verwarmingsbuizen tik-
ten. Mijn moeder liep over de parketvloer boven mijn hoofd
en haar stappen voegden zich in het getik van de uitzettende
buizen. Mijn vader draaide een sigaret, gebogen over zijn
bureau. Ik stond op, duwde de deur open en sloot deze achter me met een zachte klik. Behoedzaam liep ik door de hal,
de houten trap op naar de eerste verdieping. Mijn stappen
imiteerden het ritme van de andere geluiden.

Ik nam nog een glas water en liep naar het raam. Buiten begon de lucht op te klaren. In meerdere huizen werd het licht aangedaan. Een nieuwe dag groeide aan.

Waarom had ik me niet met hen moeten bemoeien? We groeien uit een dom proces, van sap met sap vermengd, en voor het oog onzichtbare elementen die met elkaar verkleven. De bloedlijn van moeder op kind is rechtstreeks, pas bij de geboorte wordt het contact van bloed met bloed onderbroken. Bij vader en kind ligt het anders. Hun bloedlijn is als een echo die weerklinkt in de groei. Bij Vincent was de echo hoorbaar in zijn uiterlijk, zijn houding, zijn bewegen.

Vincent was mijn grootvaders enige geslaagde ontwerp. Ik had het stukgemaakt. In mij weerklonk de echo niet.

Naarmate het daglicht mijn kamer verder binnendrong, werd het me duidelijker dat ik naar Jollum moest. Je verstaat een stem slecht door naar de echo te luisteren. De harlekijn in het weiland, de machinebankwerker bij de Tramweg Maatschappij, de auteur van de krullige tekeningen in de bijbel; ik móest hem leren kennen om mijn schuld aan Vincents dood op waarde te kunnen schatten.

Ik zette koffie in het apparaat dat ik van mijn ouders had gekregen. Het pruttelde, het geurde bij de eerste druppels die door de gemalen koffie heen zakten. In een pannetje verwarmde ik melk. Met een beker halfvol melk en halfvol koffie ging ik voor het raam staan en keek naar de schemerige straat buiten. Mijn plan was briljant, simpel en briljant.

In de bijbel zat een brief. Langdradige zinnen, geschreven in letters die ruimte namen, legden uit dat de schrijver dezes een allesveranderende uitvinding had gedaan. De zich over het spoor voortslepende trammetjes konden hierdoor met elkaar communiceren. De bestuurder van de ene tram kon door middel van deze uitvinding met een bestuurder van een andere tram praten. Ook als de bestuurder even de tram uit was, kon contact worden gelegd. De tekening in de brief toonde een smalle man die een telefoonhoorn tegen zijn oor drukte, waarvan de gekrulde draad in zijn jaszak verdween. Het was de mobiele telefoon *avant la lettre*. De precieze beschrijving van de uitvinding, zo vertelde de brief, was in bewaring gegeven bij het gemeentehuis van Jollum, in het jaar des Heren 1929.

De volgende dag zou ik Bavinck om toestemming vragen naar Jollum te gaan. Als dit geen DCI was dan wist ik het niet meer. Ik zou veldonderzoek doen naar deze belangrijke vinding, die zo'n zestig jaar te vroeg gedaan was. Bavinck zou niet hoeven te weten dat de uitvinder mijn grootvader was.

De Vries was ziek, ik had de kamer voor mezelf. Tijdens een van zijn mediteersessies was hij onwel geworden, omgevallen en hij had zijn rechterbeen beschadigd aan de punt van zijn eigen stalen bureau.

Bavinck had ik na mijn reis naar St. Malo maar eenmaal gezien. Hij was mijn kamer binnengestormd, vroeg hoe het geweest was en nog voor ik had kunnen antwoorden riep hij dat een Franse collega hem had verteld dat mijn presentatie een groot succes was.

Het leek me onwaarschijnlijk. Als ik terugdacht aan mijn congresavontuur schaamde ik me vooral.

Ik had de secretaresse van Bavinck gebeld met de mededeling dat ik een afspraak met hem wilde, liefst nog diezelfde dag. Haar gezucht ontmoedigde me niet, ik begreep dat ik snel moest handelen, anders was alles verloren. Uiteindelijk gaf ze me een halfuur, van zes tot halfzeven.

Het gebouw was verlaten toen ik door de brede roodgelamineerde gang naar de kamer van Bavinck liep. Naast de gesloten deuren waren langwerpige ruiten waardoorheen wat licht de gang inviel. Het was weinig, de gang bleef halfdonker omdat de lampen aan het plafond niet brandden. Mijn handpalmen waren klam, het bloed klopte in mijn keel en mijn tong voelde droog aan. Ik was vergeten hoe ik het gesprek zou openen. In mijn achterzak had ik een papiertje met daarop wat steekwoorden, maar dat kon ik hier onmogelijk gaan bestuderen. Er was te weinig licht in de gang en als Bavinck me zou betrappen zou ik een belachelijke indruk maken.

Schuin tegenover Bavincks kamer bevonden zich de toiletten. Ik schoot naar binnen, rende het voorgeborchte door, langs twee wastafels met spiegels erboven, en ging een stinkend toilethokje binnen. Ik haalde het papiertje uit mijn zak en las de krabbels terwijl ik op de bril ging zitten. Het duurde even voordat ik weer begreep wat ik met die schuin afgesneden woorden bedoelde.

'Rust, desinteresse (gematigd), haast (zo nu en dan op je horloge kijken).' Dit waren aanwijzingen voor mijn houding, gevolgd door: 'DCI (die-sie-ai), de krachtendriehoek Technologie-Economie-Cultuur, later in het gesprek kortweg TEC (tek), artikel in *Het Leven* van maart 1925.' Dit was een leugen, maar zou wellicht indruk maken. 'Vermijd woorden als: mijn grootvader, familie, de bijbel, mijn vader, Vincent.'

Zittend op de toiletbril componeerde ik uit deze aanwijzingen een begin van het gesprek. Mijn woorden weerkaatsten tussen de witte tegels die in het TL-licht oplichtten. Ik hield mijn ogen gefixeerd op een in zwart geschreven uitnodiging tot seks, met daaronder een telefoonnummer. Mijn woorden zette ik kracht bij met brede gebaren.

Plotseling werd naast me het toilet doorgetrokken. Ik sprong op en trok ook snel door. In het geruis van vallend water hoorde ik het dichtslaan van een deur. Ik begon een liedje te fluiten en toen ik zeker wist dat ik weer alleen was, zakte ik terug op de harde zitting van het toilet. Het moest Bavinck zijn geweest. Hij had alles gehoord. Ik had zelfs zijn naam genoemd. Alles was verloren.

Na een tijd gezeten te hebben – het kan een kwartier zijn geweest of een uur, ik durfde niet op mijn horloge te kijken – stond ik op en liep het toilethok uit. De brede gang was nog steeds donker en uitgestorven. Ik liep naar de deur van Bavincks kamer. Door het langwerpige smalle ruitje zag ik hem voor het raam staan. Hij hield een mobiele telefoon tegen zijn oor gedrukt en gebaarde druk. Ik zag hoe hij naar zijn bureau liep en op het fluorescerende scherm keek, met zijn hand schoof hij de muis over zijn bureaublad.

Het was alsof ik naar een mogelijke wereld keek. Dit begrip had me gefascineerd sinds mijn colleges logica. De intentionele semantiek die gebruik maakte van het begrip 'mogelijke wereld'. Het was alsof je alle vensters open mocht zetten, om in godsnaam geen uitzicht te missen. Bavinck in zijn kamer was een mogelijke wereld, onbereikbaar weliswaar, maar mogelijk. Ik zou op de deur kunnen kloppen, op zijn verzoek binnengaan en mijn verhaal doen. Mijn woorden in het stinkende toilet hadden dit spoor afgesneden.

De deur in de kamer naast die van Bavinck ging open. Een kogelronde kleine man kwam naar buiten. Het was Snelders, hoofddocent techniek en religie. Hij knikte, mompelde iets onverstaanbaars en keek langs me heen de kamer van Bavinck in.

'Hij is binnen, hoor. Gewoon kloppen, jongen.'

Met zijn vette knuistje bonsde hij op de grote roodkleurige deur en opende deze direct.

'Er is een klant voor je, Ger.'

Hij duwde me naar binnen en sloot de deur achter mijn rug.

'Ah ja, ik dacht al, waar blijf je.'

Bavinck rondde zijn telefoongesprek af. Hij ging achter zijn bureau zitten, en schoof de muis heen en weer.

'Even een afspraak inboeken.'

Hij was onrustig. In zijn bureaustoel draaide hij heen en weer, zijn blik schoot tussen mij, zijn computerscherm, de Frankensteinkop, de bewegende bomen buiten, en een poster die een congres aankondigde dat allang had plaatsgevonden. Ieder woord uit mijn bedachte inleiding zou hem bekend voorkomen. Ik viel met de deur in huis.

'Ik wil naar Jollum.'

Hij zweeg. Zijn computer sloeg aan, de ingewanden ratelden. Zijn blik zocht iets op het computerscherm.

'Jollum, ja, betekent dit dat je met je promotieonderzoek wilt stoppen?'

Hij keek me aan, vragend, niet beschuldigend. Ik lachte, mijn onderlip trok zich strak, teken van gespannenheid.

'We begrijpen elkaar verkeerd. Ik wil in Jollum onderzoek gaan doen, voor mijn promotie.'

Hij leek opgelucht. Sprong op van zijn bureaustoel en liep naar het raam. Hij keek naar buiten met zijn handen in zijn zakken.

'Jollum, is dat niet dat dorp waar die vrijgezel woonde die een motor uitvond die op water liep?'

Ik schudde van nee.

'Het gaat om een mobiele telefoon uit 1929.'

Ik leunde achterover. Mijn troef lag op tafel. Bavinck lachte.

'Dat lijkt me een jaar of zestig te vroeg, en dat in de binnenlanden van Friesland.'

Ik had hem. Ik voelde hoe ik hem in een hoek had gedreven en hoe ik hem met een of twee woorden zou kunnen slachten. Een slager wacht. Hij kijkt hoe zijn prooi rondjes draait en de suggestie van vrijheid proeft in onnutte bewegingen. Zo zag ik Bavinck aan zijn muis morrelen, ik zag zijn blik over het oplichtende computerscherm gaan, ik zag hem zijn handpalm langs zijn wang strijken. Hij was weerloos. Ik kon bijten, ik kon happen.

'Ik heb een brief, een ontwerp van de zender en de ontvanger.'

Zijn opengevallen mond vroeg om meer. Ik legde hem de inhoud van de brief uit. Ik legde hem de essentie van de uitvinding uit, waarbij ik de helft verzon. Hij knikte, hij overwoog, hij bracht halfslachtige bezwaren in tegen mijn woorden.

'Ik wil eigenlijk dat je eerst dat artikel afschrijft over het stereomeubel. Zoiets moet je niet te lang laten liggen. Je hebt een prachtige presentatie gegeven in St. Malo, nu zit het nog helemaal in je hoofd.'

Uit de binnenzak van zijn colbert haalde hij een elektronische zakagenda. Met een kleine pen krabbelde hij wat op het scherm.

'Het is een DCI. Het had de lokale tram kunnen redden in de strijd tegen de oprukkende autobus. Het hele lokale vervoer had er anders uit kunnen zien.'

Bavinck legde zijn elektronische agenda op zijn bureau en leunde achterover. Vanaf zijn slapen streek hij zijn haar naar achteren, lange witte vingers die door de zwarte stugge lokken ploegden. Met zijn handen tegen zijn achterhoofd gedrukt, keek hij me aan. Hij glimlachte, zijn ogen waren klein geworden.

'Misschien heb je iets, misschien is het ook een *canard.* Exploratief onderzoek is altijd goed. Even snuffelen, de boel in kaart brengen, en dan kunnen we verder kijken of het de moeite waard is. Je krijgt drie dagen de tijd.'

Hij boog zich weer voorover naar zijn computerscherm en zijn hand duwde de muis weer over het bureaublad.

'Even kijken, donderdag, nee, vrijdagochtend heb ik een gaatje. Om halftien kom je hier en breng je rapport uit.'

'Betekent dit dat ik de reis- en verblijfkosten mag declareren?'

Hij keek verstoord op.

'Reis- en verblijfkosten, je kan dat exploratieve onderzoek toch wel hier op het instituut doen? Je hebt het ontwerp toch?'

Ik legde uit dat de brief alleen een synopsis bevatte. Het uitgewerkte ontwerp lag op het gemeentehuis te Jollum. Terwijl ik hem voorspiegelde dat een kort bezoek aan Jollum – één dag moest genoeg zijn – afdoende was om de essentiële stukken in mijn bezit te krijgen, keek hij geschrokken op zijn horloge.

'Verdomme, al vijf over halfzeven, ik moet om kwart voor zeven in de stad zijn voor een diner met het faculteitsbestuur.'

Hij stond op en begon wat spullen bij elkaar te zoeken.

'Oké, ga maar naar dat gat en neus daar wat rond. Ik betaal twee nachten, kijk maar of er daar een jeugdherberg is of zoiets. En vrijdagochtend zie ik je hier.'

Uit de donkere gang was het leven verdwenen. Ik meende de geur van pijptabak te ruiken, maar was ervan overtuigd dat het een illusie was. Toen ik al bijna aan het einde van de gang was, ging de deur van Bavincks kamer achter me open.

'Ik wil wel dat je donderdagmiddag een rapportje mailt waarin je je bevindingen kort samenvat.'

Ik fietste terug naar mijn kamer, haalde daar de tas op met kleren, de pook van de vliegfiets, de beker waaruit Vincent zijn laatste koffie had gedronken, een notitieblok en een boek. Die ochtend had ik alles klaargezet. Ook belde ik mijn ouders dat ik later die avond langs zou komen. Als ik de bus van kwart over zeven nam, was ik om kwart over acht thuis. Mijn moeder zei, zonder veel enthousiasme, dat ze zouden wachten met eten.

Om kwart over acht liep ik door het donkere dorp. De ophaalbrug tekende zwart af tegen de lucht die op verschillende plaatsen oranje oplichtte. Het was licht uit kassen, dat tegen het wolkendek weerkaatste. Het grind kraakte onder mijn voeten toen ik het pad naar het huis opliep. Er brandde licht in de huiskamer en in mijn vaders studeerkamer. Ik passeerde de garagedeuren die we openschoven in de tijd dat Vincent en ik er nog klusten. Een afbuigende trap van bielzen, die tegen de dijk aanlag, voerde naar de keukendeur. Voordat ik de deur opende, keek ik naar het glimmende water van het kanaal dat achter het huis liep. Het was windstil geworden en de weerspiegelingen waren bijna perfecte imitaties van het origineel.

Mijn vader bleek niet in zijn studeerkamer te zijn, maar zat in de huiskamer. Hij dronk wijn. Het was niet zijn eerste glas. Ik merkte het aan zijn sarcastische begroeting. Mijn vader wordt onverschillig van drank, op een verbitterde manier. Ik ging even naar mijn moeder in de keuken. Tussen neus en lippen door vertelde ik haar van mijn reis naar het Noorden – ik vermeed de naam 'Jollum' – en ik hoopte dat ze het te onbetekenend zou vinden om het aan mijn vader te vertellen.

Voor het eten bracht ik mijn tas naar de oude kamer van Vincent. Dit was nu mijn kamer geworden, als ik bij mijn ouders sliep. De kamer was onveranderd gebleven sinds Vincents dood. In zijn kast hingen of lagen nog zijn kleren, die mijn moeder ieder jaar een keer waste en streek. Ondanks dat rook het muf. Het viel me op dat de kleren er gedateerd gingen uitzien. Op zijn bureau, vrij van stof, stonden nog wat dingen die ik herkende: zijn donkerbruine bureaulamp, het pennenbakje van zwart plastic, waarin ik nooit ook maar één pen had gezien, een chroomkleurig mes met een benen heft, een vergrootglas waarvan het glas gebarsten was, en een groot kartonnen model van de Titanic, het had hem weken gekost om dat in elkaar te krijgen.

Ik ging op zijn bureaustoel zitten en keek opzij naar het netjes opgemaakte bed. Langzaam waste, streek en stofte mijn moeder Vincent deze kamer uit. Het was een vertraagd afscheid.

Ik opende een bureaulade. De papieren die ik al zo vaak had bekeken, legde ik voor me op het bureau: een onafgemaakt schoolopstel, een brief van Buttercup, tekeningen van machines, tekeningen van monsterlijke koppen en een brief aan een zekere Anja – wellicht het meisje waarmee ik hem had betrapt, halfnaakt liggend op zijn bed – die hij blijkbaar nooit had verstuurd. Het opstel droeg de titel 'Zeg het met bloemen', ongetwijfeld niet door hemzelf verzonnen, maar één van de titels waaruit mocht worden gekozen. Ik vond het een ontroerende tekst. Niet omdat het mooi geschreven was, of spannend, of pakkend, maar omdat iedere zin een klein portret was van Vincents denken. Zijn zinnen waren lang, en de nevenschikking was zijn middel om samenhang aan te brengen in het onsamenhangende. Zo dacht hij, sterk associatief en op overeenkomst gericht. Volgens mij was dat het geheim van zijn handigheid. Met iedere schroef die hij aandraaide manipuleerde hij tegelijkertijd alle tandwielen, assen, koppelstukken, kortom het hele mechanisme waaraan hij op dat moment werkte.

In 'Zeg het met bloemen' laat hij een jongen bij zijn oma op bezoek gaan. Onderweg gaat hij nog even bij een vriend langs, daar denkt hij terug aan een vakantie met zijn ouders, dan komt er plotseling een meisje in het verhaal, waarvan het onduidelijk is wie ze is of wat ze komt doen. Het mooist vind ik de eindzin, die hij niet als eindzin heeft bedoeld, want het opstel is nog niet voltooid, maar die luidt:

'Dus ging hij naar buiten.'

Hoezo 'dus'? Niets in het voorafgaande geeft aanleiding tot de verwachting, laat staan de logische implicatie van naar huis gaan. Vincent vond ongetwijfeld van wel. Ik weet zeker dat hij verbaasd zou zijn geweest over mijn verbazing.

Boven zijn bed hing een klein boekenkastje van metaal, de planken in pastelkleuren gespoten. Vijf boeken stonden er al veertien jaar onaangeroerd. Slechts één boek was zichtbaar gelezen: *Oorlogswinter* van Jan Terlouw. De rest van de ongebroken kaften had hij waarschijnlijk nooit aangeraakt.

Mijn moeder riep, we gingen eten. Ik vertelde over mijn studie en de dood van Martin. Mijn ouders werden er stil van. Zelfs mijn vader onthield zich van commentaar. Hij schraapte met zijn lepel over het bord en smakte. Mijn moeder dacht zichtbaar aan Vincent en vroeg een glas wijn. In de huiskamer tikte de Friese staartklok die nooit op tijd had willen lopen. In de keuken, waar we aten, sloeg de koelkast aan.

Mijn ouders gingen om tien uur naar bed. Ik zei dat ik nog wat op wilde blijven en keek hardnekkig naar een saai programma op TV. Het waren de bekende geluiden van een doorgetrokken toilet, een dichtslaande deur, die me rustig maakten. Ik zette de TV uit en pakte de koptelefoon uit het witte kastje naast de pick-up. Nog een uur, dan zouden ze zeker slapen. Uit de stapel pakte ik een LP van Helen Reddy. Gepolijste muziek die geen verassingen bood en dus alle ruimte liet voor dwalende gedachten.

Nadat ik de plaat tweemaal had gedraaid, luisterde ik naar de stilte in huis. Het gesuis in mijn oren van de harde muziek was het enige wat ik hoorde. Ze sliepen. Ik borg de koptelefoon weer op en schoof de plaat terug in de hoes. De enige schemerlamp die nog brandde, knipte ik uit. Langs de brede en hoekige trap sloop ik naar beneden.

De deur van mijn vaders studeerkamer, ik stond met de koperen deurklink in mijn hand en luisterde. Minutenlang moet ik daar gestaan hebben. Telkens als ik de kruk omlaag wilde drukken, dacht ik geschuifel achter de deur te horen, een droge kuch, het omslaan van een bladzijde. Ik keek zolang en gefixeerd naar de spleet onder de deur dat ik er op het laatst zeker van was dat ik licht zag, een zwak en flikkerend licht.

De kamer was donker en leeg. Er hing alleen de geur van sigaretten. Ik liep op de tast naar het bureau en knipte de lamp aan. Het was alsof ik er nog dagelijks kwam, terwijl ik er sinds mijn laatste gesprek na Vincents dood nooit meer was geweest. Het moest zeker twintig jaar geleden zijn geweest dat ik voor het laatst voor het bureau had gestaan. Zelfs de schaduwen waren vertrouwd. Het bureau dat zich breed uitsmeerde over het tapijt als een v-vormige vlek, de boeken op de planken die zich naarmate ze hoger stonden steeds verder leken terug te trekken, de rookstoel in de hoek die Vincent in het licht van de bureaulamp altijd op een elektrische stoel vond lijken.

Ik wist dat als mijn vader me hier zou ontdekken, er iets vreselijks zou gebeuren. Zoals mijn moeder Vincent beetje bij beetje uit zijn kamer poetste, zo verdreef mijn vader het spookbeeld van zijn dood door mij uit zijn studeerkamer te weren. Ik was de geëxcommuniceerde lenzenslijper.

Toch was ik rustig. Ik liep langs de boekenkasten en keek naar de banden. Her en der op de planken stonden foto's die ik oppakte en bekeek. Eén ervan nam ik mee naar het bureau en hield hem onder de lamp. Op de foto stond een kleine man met felle kraaloogjes. Hij keek streng in de lens. Een zwarte Hitlersnor versmalde zijn bovenlip. De duim van zijn rechterhand stak in zijn vestzakje. De man van de bijbel. Met de hand die nog aan het katoen gehaakt hing had hij de krullerige tekeningen gemaakt die ik avond na avond had zitten bekijken.

De foto was kort voor zijn dood gemaakt. Hij zag er al uit als een man van middelbare leeftijd – veel ouder dan op de foto's die mijn vader ooit had laten zien en waarop hij zoveel op Vincent leek – toch kon hij toen niet veel ouder zijn geweest dan een jaar of dertig. Op zijn eenendertigste was hij op een nacht uit zijn bed gestapt, had zijn jas over zijn pyjama aangetrokken, was naar de sluis van Jollum gelopen en had zich laten zakken in het zwarte water dat tussen de betonnen wanden klotste. Hij kon niet zwemmen, het water was koud. Binnen een paar minuten was hij verdwenen en verdronken. De volgende dag vond de sluiswachter zijn gezwollen lichaam dat tegen een van de sluisdeuren bonkte. Mijn vader was toen drie.

Ik zette de foto terug en liep verder langs de planken. Ik zocht iets, zonder het te willen toegeven. Ik keek naar boektitels die me niet interesseerden. Ik pakte nog een paar foto's van de planken, oude vakantiefoto's waarop Vincent en ik op het strand renden, of in het zwembad lagen. Maar ik bekeek de foto's niet echt. Mijn ogen schoten weg van de plaatjes die ik in het vale licht nauwelijks kon zien. Ik zocht naar de open plek, de uitsparing waar geen boeken stonden, de plek waar mijn vader vroeger de bijbel had liggen.

Hij lag er, op dezelfde plek als altijd. Ik betastte de map, de veters waarmee ze was dichtgeknoopt, alsof ik een blinde was. Mijn vingertoppen waren als ogen die terugkeken in de tijd. Ik zag mezelf weer zitten, achter mijn vaders bureau, gebogen over de tekeningen. Mijn vader zat weer in zijn rookstoel weggedrukt en hoestte na iedere trek van zijn sigaret.

Voorzichtig liep ik met de map naar het bureau en legde deze in het volle licht. Ik knoopte de veters los en klapte de voorkaft weg. De bekende geur van oud papier, stof en sigarettenrook drong zich op. Zou hij zo hebben geroken toen hij afzakte in het koude water? Ik bladerde door de bekende tekeningen. Het was alsof ik ze gisteren nog had zitten bekijken. De herkenning maakte ze ook mooier dan ik ze ooit had gevonden.

Plotseling lag de vliegfiets voor me. Het potsierlijke mannetje op de fiets met vleugels. Het was een karikatuur van Vincent die over het papier leek te bewegen. Ik wilde het blad omslaan. In het licht van de bureaulamp zag ik een diepe groef die van linksonder naar rechtsboven liep. Er was in het papier gekrast, een wilde kras. Ik bracht het papier dichter bij de lamp en zag resten potlood en kleine kruimels gum.

Ik bladerde door. Uiteindelijk vond ik waarnaar ik opzoek was, de brief waarover ik Bavinck had verteld. In een onbeschreven envelop stak een bijna doorzichtig vel papier waarop mijn reisdoel stond beschreven. Ik stak de envelop in het borstzakje van mijn overhemd. Ik klapte de bijbel dicht, strikte de veters en legde de map terug in het zwarte gat in de boekenkast.

Voor ik het licht van de bureaulamp uitknipte, keek ik nog eenmaal rond. Het was de laatste keer dat ik hier zou zijn. Ik liep in het donker naar de deur en trok deze zachtjes achter me dicht. Het briefpapier knisperde in mijn borstzak.

DEEL DRIE

Stemmen in het bos

I

In de trein koos ik voor de rookcoupé. Ik rookte zelf niet, maar het was er rustiger dan in de niet-rokerscoupés. Buiten begon het uitbundig lente te worden. Ik verbaasde me over de wijze waarop de natuur ieder jaar weer uit haar verdorde resten herrees, als een feniks uit de as. En dat terwijl de mens in verval raakte, zonder weg terug.

Mijn moeder had me uitgezwaaid. Met een sigaret in haar hand in haar paarsgebloemde ochtendjas had ze voor het raam van de schuifpui naar het terras gestaan. In mijn mond had ik nog de bittere smaak van de zwarte koffie die ze me had geschonken. Ik zwaaide. In de verte reed een tractor over het dampige weiland.

Ik stelde me een gele slang voor, die door het groene landschap snelde. Ik zat in de buik ervan. De koeien keken vermoeid op en graasden verder. Op achterafweggetjes hielden rood-wit gestreepte palen de rest van de wereld tegen, terwijl een bel rinkelde: een hoog gegil dat na het passeren van de trein overging in een gerekt gejoel, opwinding gevolgd door teleurstelling. Mijn reis naar Jollum was mijn eindzet in een schaakspel dat meer dan tien jaar had geduurd. Ik zou die kraalogige Hitlersnor weer uit het zwarte water van de sluis vissen, en hem ter verantwoording roepen.

Tegenover me zat een dikke man. Hij sliep. Zijn bolle buik was tot onder zijn broekriem gezakt en welfde tot halverwege zijn bovenbenen. Hij snurkte en lachte zo nu en dan in zijn slaap. Bij ieder station waar we stopten, schoot hij wakker en vroeg verschrikt of we al in Groningen waren. Ik schudde van nee, en hij viel weer in slaap. In Heerenveen, waar we iets langer stopten, sprong hij op en rende de trein uit. Ik zag hem verdwaasd op het perron heen en weer lopen. Uiteindelijk kwam hij naar mijn raam en zijn lippen stelden nogmaals de vraag die hij al zovaak had gesteld. Ik wenkte hem, maar de trein begon al te rijden. Nog lang zag ik zijn forse gestalte achter de rijdende trein aan hobbelen.

De daarop volgende stations werden herkenningen, althans in naam, van de plaatsen die we vroeger per auto passeerden als we tante Jans gingen bezoeken in Jollum. De nacht die zich als een hand over het vlakke land legde, de oranje lampen die in de verte schenen als bakens in de groenzwarte zee, de autoradio die fluorescerend-groen de auto verlichtte. Vincent sliep. Ik had zijn handen zien trillen, zijn mond zien openzakken.

We waren de wereld afgereden.

In het felle licht dat de huiskamer van tante Jans vulde, achter de donkergrijze winkel waarin de geur van ham en kaas hing, kwamen wij vieren langzaam weer tot leven. Bij Vincent duurde het 't langst. Hij was nukkig, spoog zijn chocomelk uit en weigerde antwoord te geven op de vragen van tante Jans hoe het op school was.

Tante Jans was getrouwd met oom Hendrik. Een grote man die ik later herkende toen ik in een geschiedenisboek een foto zag van Marinus van der Lubbe. Sindsdien zag ik oom Hendrik in het schijnsel van om zich heen grijpende vlammen, terwijl hij met de oorlog niets van doen had. Hij was kruidenier in Jollum, maakte graag foto's en was in de familie befaamd geworden door zijn proeve van de onbreekbaarheid van een aldus aangeprezen mok: met kracht had hij het ding tegen de zijkant van zijn voorraadschuur geslingerd. Een wolk van stof was het gevolg.

Dood. Wat mijn familie betreft was het Noorden leegge-veegd. Het stelde me gerust. Ik zou geen bekenden tegenko-men.

In Assen stapte ik uit de trein. Ik liep naar het platform waarvandaan de bussen vertrokken en zag dat ik nog een uur moest wachten voor de bus naar Jollum. Door een zich krommende straat liep ik de stad in. Ik passeerde een beeld van Bartje, de lokale held, en kwam uit op een plein. Rechts een winkelstraat die ik inliep. Bij de eerste boekhandel ging ik naar binnen. Een man gekleed in een rode spencer, wit overhemd en corduroybroek, groette me. Ik keek naar de uit-gestalde boeken. Zonder nadenken kocht ik een boek van Jean-Paul Sartre, getiteld *Magie en Emotie*.

Later, in de bus, bladerde ik het boekje door, maar ik werd misselijk van het lezen terwijl de bus reed. Buiten strekte zich het kanaal naar Smilde. De grijze lucht leek uit het wa-ter omhoog te kruipen. Verderop priemde de zendmast de laaghangende wolken in. Voorbij de zendmast, maar lang voor deze was opgericht, had een zus van mijn kraalogige grootvader gewoond, op een boerderij waar aardappels ge-teeld werden. Op een verjaardag bij tante Jans had die zus ooit verteld hoe in de oorlogsjaren vluchtelingen uit Wester-bork tegen de ramen van de boerderij klopten. Met trots in haar stem deed ze voor hoe ze die bedelaars bij het raam vandaan had gejaagd. Gekromde gestalten die voortsnelden door het kale veld rond Smilde.

Ik herkende Jollum aan de huisjes naast het busstation. Dit waren de woningen waarin werknemers van de Tram-weg Maatschappij werden gehuisvest in de jaren twintig van de twintigste eeuw. In een van die huizen was mijn vader ge-boren.

Het Wapen van Jollum was een oud gebouw, schuin tegen-over de kerk, met een bakstenen trap die naar de toegangs-deur leidde. Midden in het oude en kale centrum van het dorp. Verderop zag ik het landhuis van de familie Prins. Mijn vader had verteld hoe zij al eeuwen de macht voerden over het dorp, in ieder bestuur vertegenwoordigd waren en zelfs achter de dorpsbank zaten.

In het café waar ik binnenkwam, hing de geur van verbrand hout. In de hoek, bij een van de ramen, zat een kleine man aan een bierglas te nippen. Ik stak mijn hand op, maar hij keek niet. Ik liep door naar een gangetje waarin iets was dat op een receptie leek. Er was niemand. Ik drukte op een deurbel die op de balie was vastgeschroefd. Er klonk een gedempt 'ding-dong'.

Na een korte wachttijd kwam een lange jongen aangelopen. Hij droeg een opvallend roodgeblokt houthakkershemd. Zijn haar was rossig en ongekamd. Hij lachte vriendelijk. Ik noemde mijn naam, en hij zocht tussen losliggende briefjes. Uiteindelijk vond hij de reservering.

'Mooi, u heeft kamer nummer 1. Volgens mij bent u de enige gast vannacht. Wilt u hier ook eten?'

Hij keek me hoopvol aan en pakte alvast een pen om een en ander op te schrijven. Ik zei ja, en hij noteerde iets op een stukje papier. Uit een kast die vol hing met sleutels, pakte hij er een. Ik moest een trap op, direct links en dan de eerste kamer.

De kamer was groter dan ik had verwacht. Een tweepersoonsbed stond tegen de lange muur, en een smal bureau was voor het raam geschoven. Als je achter het bureau zat, had je een prachtig uitzicht op de kerk en het landhuis daarachter. De grijze lucht hing zwaar rondom de kerktoren en een zwakke wind tilde de vitrage voor het hotelraam op. Er klonk een schreeuw, een hond blafte.

Ooit had de stoomtram voor het hotel langs gelopen.

Ik ging het smalle toilet in. Het was waarschijnlijk ingebouwd in een oude kast, zo smal was het. Met mijn knieën tegen de deur zat ik op de koude bril. Ik voelde me plechtig, terwijl ik ontlastte. Plotseling klonk een harde stem.

'Mijnheer IJben. Mijnheer IJben.'

Ik trok snel mijn broek op en liep naar de deur. Het was de lange rossige jongen, die van beneden riep.

'Hoe laat wilt u eten?'

Ik probeerde mijn broek dicht te knopen.

'Zeven uur lijkt me wel geschikt.'

Beneden hoorde ik gemompel. Het slaan van een deur.

'Mag het ook zes uur wezen, mijnheer IJben? Dat zou de keuken beter uitkomen.'

Welja, zes uur dan maar, wat kon het me eigenlijk schelen. Ik riep mijn instemming tegen de rossige jongen en sloot alvast mijn deur. Maar ik was nog niet van hem af.

'Wilt u de aardappels doorgekookt of glazig?'

Dat was een gewetensvraag. Mijn moeder kookte de piepers altijd kruimig, bedoelde hij dat met doorgekookt?

'Doet u maar wat u goeddunkt.'

Een zwaktebod, maar ik stond nog steeds met mijn broek op de heupen voor een open hotelkamerdeur. Waarschijnlijk was ik de enige gast, maar niets was zeker. Voor ik het wist kwam er iemand voorbij, die me dan in die gênante pose zag staan.

'Ik boek u in,' klonk het geruststellend van beneden.

Het restaurant was leeg. Al de gedekte tafels die zeker niet bezet zouden worden, van elkaar gescheiden door hoge bloembakken met kunstbloemen erin, maakten me treurig. Van de weeromstuit dronk ik drie glazen rode wijn. De aardappels waren inderdaad kruimig en werden opgediend met glazig gekookte postelein en een taai stukje rundvlees.

De buitenlandse keuken was nog niet tot Het Wapen van Jollum doorgedrongen.

Na het eten ging ik een eindje om. Het begon te schemeren, hetgeen alles nog grauwer maakte dan het bij mijn aankomst al was geweest. Ik rondde de kerk – opgetrokken uit rood baksteen stond ze hoger dan de huizen eromheen – en liep langs het landhuis. Er brandde geen licht. Zou het nog bewoond zijn? Voorbij het landhuis boog een klein voetpad af naar rechts. Ik wist nog van mijn bezoekjes aan tante Jans dat het pad naar de begraafplaats leidde.

Ze lagen er nog, verenigd onder een dikke grijsgroene steen die tot kniehoogte reikte. De letters in de steen waren deels overgroeid door een gelige platte mossoort, die zich in gekartelde concentrische cirkels over de steen uitbreidde.

Hendrikus Harkema,
geb. 12 oktober 1905, overl. 8 augustus 1974
Johanna Jacoba Harkema-IJben,
geb. 8 augustus 1908, overl. 12 december 1991

Op haar verjaardag was hij er tussenuit geknepen. Ze hadden net de koffie op en hij zou weer aan het werk gaan, boodschappen rondbrengen bij klanten in het dorp en de omgeving. Ze had er al dikwijls op aangedrongen dat hij de winkel zou verkopen, maar hij wilde er niet van weten. Het ging hem niet om de winkel, die kon hij missen, maar de ritjes langs de klanten niet. In zijn oranje bestelauto was hij de hele dag op pad, 's morgens koffie en 's middags een borrel bij zijn vaste klanten. Ik had hem geregeld thuis zien komen, tegen het avondeten, met zijn bonkige paarse kop, luid zingend.

Hij was een gezelschapsmens. Alleen het gezelschap van tante Jans verdroeg hij slecht. Die ochtend van haar verjaardag stond hij op uit zijn stoel en viel dood neer. De buurvrouw, die op verjaarsvisite was, en tante Jans konden niets meer doen.

'Een passend einde van een slecht huwelijk,' zei mijn vader toen hij 's avonds het nieuws hoorde.

Ik liep over de begraafplaats. Het begon donker te worden. Mijn grootvader had hier ook gelegen, maar zijn graf was lang geleden al geruimd. Tante Jans was altijd heel wrokkig geweest over de zelfmoord van haar broer. Soms was ze erover begonnen, een langdradige litanie waarin woorden als 'laf', 'onverantwoord' en 'misdadig' regelmatig terugkeerden. Mijn vader zweeg.

De dood van mijn grootvader was een raadsel. Waarom was hij in de sluis gesprongen? Als ik ernaar vroeg, werd er gereageerd met schouderophalen. Tante Jans zei dat hij als kind al een slappeling was geweest, mijn vader wilde er niet over praten.

De sluis was verlaten. Er liep een met straatkeien geplaveide weg langs, de weg die ik was ingeslagen toen ik de begraafplaats was afgelopen, en ik wist dat als ik deze verder uitliep, ik vlakbij Het Wapen van Jollum zou uitkomen. Aan de andere kant van de sluis stond een kleine woning. Er brandde licht achter een raam, maar ik zag geen beweging. Het water tussen de sluiswanden was zwart. Ik stelde me de opbollende pyjama voor, de breeduit drijvende overjas, en het lijf dat zich vol water zoog.

Niet lang nadat mijn vader ons de bijbel voor het eerst had laten zien, nam hij ons mee naar de sluis. Het was aan het einde van een lange en saaie zondag, die we goeddeels hadden doorgebracht in de doorrookte achterkamer van tante Jans. Ze had nooit de moeite genomen van de winkelruimte iets anders te maken. Er stonden geen kruidenierswaren meer, maar verder was alles onveranderd gebleven: de toonbank, de grote snijmachine met een glimmend rond snijmes en een gietijzeren frame dat rood geschilderd was, de schuin afhangende bakken waarin ooit aardappelen, prei, bloemkolen en dergelijke hadden gezeten.

Ze was hardnekkig blijven wonen in de kamer achter de winkel, alsof de winkelbel nog steeds kon gaan en zij snel achter de toonbank moest kunnen schuiven.

We liepen door de stille zondagse straten van Jollum, langs gesloten winkels en over een verlaten schoolplein. Vincent en mijn vader liepen voorop. We daalden af langs een pad dat een bosje in voerde. Mijn vader riep dat dit het domineesbosje was. Tussen de bomen door zag je soms de kerk, soms ook het grote landhuis daarachter.

'Dit was de plaats voor de liefde, jongens. Hier scharrelde ik met meisjes.'

'De dominee ook zeker?' Vincent keek naar mijn vader en deze lachte een lach die ik hem zelden heb horen lachen. Hij sloeg Vincent op zijn schouder.

'Nee, niet met meisjes, daar hield hij niet zo van.'

We wachtten op het vervolg, maar er kwam niets meer. Hij lachte nog wat in zichzelf.

We kwamen bij het busstation, een plein met een paar verlaten bussen, begrensd door een rij huisjes. Mijn vader liep naar een van de huisjes en bleef ervoor staan.

'Hier ben ik verwekt en geboren.'

Voor de ramen hingen bontgekleurde gehaakte gordijntjes. Hoge planten met dikke groene bladeren drukten zich tegen het glas boven die halve gordijnen. Alle voortuintjes, ondiepe en veelal modderige lapjes grond, waren van het voetpad gescheiden door bielzen.

'Vanaf hier lopen we in de voetsporen van mijn vader, de voetsporen die hij heeft achtergelaten, die avond van de eenendertigste oktober 1929. Deze deur sloot hij achter zich, om daarna op zijn pantoffels over het tuinpaadje te schuifelen. Hij zal het tuinhek hebben opengeduwd, voorzichtig, want het piepte.'

We volgden vaders rug, die weer gekromd was, zoals die middag dat hij ons de bijbel liet zien.

'Hier sloeg hij rechtsaf, het moet wel, het is de kortste weg naar de sluis en hij hield niet van omlopen.'

Vincent pakte zijn hand. Samen liepen ze verder. Ik zag een vrouw een grote hond wassen met een tuinslang. Een kroon van sop omkranste de droeve blik van het beest. Waar de waterstraal zijn lijf raakte, spleet zijn vacht.

'Het heeft geen zin te vragen naar het waarom. Een mens

beslist zelf wanneer het klaar is. Jullie moeten de bijbel leren lezen als een afscheidsbrief.'

De wind waaide guur die dag. Vanuit het oosten blies een aarzelende winter ons een waarschuwing in het gezicht. Vincent kroop tegen mijn vader aan, deze legde zijn arm om zijn schouder.

'De laatste stappen, zijn Via Dolorosa. We weten niet waar hij zich in het water heeft laten zakken. Is hij de brug overgestoken, naar de sluiswachterwoning? Is hij een van de sluisdeuren opgelopen en is hij vanaf daar het water ingesprongen? Heeft hij gewacht en de koude herfstwind zijn gezicht laten verstijven?'

Mijn vader huilde, Vincent huilde met hem mee. Ik keek naar het water dat schommelde in de sluis, die eigenlijk een langwerpige bak was, ingesloten door de deuren die in een brede v-vorm waren gesloten.

Het water was net zo zwart als later, toen ik alleen aan de sluis stond. Het zal ongetwijfeld zo zwart zijn geweest toen hij er zich in liet zakken.

Ik keerde terug in Het Wapen van Jollum. Het restaurant was even leeg als toen ik er at, maar in het café zaten wat mensen. Ik ging naar mijn kamer, hing mijn jas op en ging weer naar beneden om een biertje te drinken. Met een flesje en een glas ging ik in een hoek van het café aan een tafeltje zitten. Er lag een krant, die ik openvouwde. Het nieuws interesseerde me niet. Ik keek de ruimte rond. Langs de zijwanden stonden een stuk of wat tafeltjes, aan een ervan zat ik. De bar bevond zich tegen de achterwand, en recht daarvoor, middenin de ruimte, stond een langwerpige tafel waarop kranten en tijdschriften lagen.

Alleen aan de leestafel zaten mensen, twee mannen en een vrouw, die van mijn leeftijd waren. De vrouw las een krant, de beide mannen waren in gesprek. Een van de mannen had een snor, die hij na iedere slok bier met zijn rechterhand afdroogde. De ander, een gezette man met een smalle moderne bril op, was het meest aan het woord.

Eigenlijk had ik een plan willen maken om mijn twee-daags verblijf zo nuttig mogelijk te besteden. Vrijdagochtend moest ik rapport uitbrengen aan Bavinck, en donderdagmiddag moest ik hem al iets kunnen mailen. Maar de drank en de wandeling hadden me te suf gemaakt, te onverschillig ook. Ik liep naar de bar en bestelde nog een biertje. Toen ik naar mijn tafeltje wilde teruglopen, stond de gezette man opeens naast me.

'Evert, die mag je op mijn rekening zetten,' zei hij tegen de barman. Hij keek me breedlachend aan, wilde me de hand schudden, maar zag dat ik mijn handen volhad. Met zijn hand aan mijn elleboog leidde hij me naar de leestafel.

'Het komt hier vrijwel nooit voor dat we iemand zien die we niet kennen.'

Toen ik flesje en glas had neergezet, schudde ik hen de hand. De man met de snor heette Haye, de vrouw Klaske en de dikkerd stelde zich voor als Dolf. Toen ik was gaan zitten, boog Dolf zich naar mij over, keek schichtig naar de bar en legde zijn hand half voor zijn mond.

'We komen hier regelmatig samen om de revolutie voor te bereiden. Haye is het hoofd van de raad der geestelijke vorming, werkt overdag aan de Universiteit van Groningen, doet daar iets met kunstmatige intelligentie. Klaske is hoofd van de Revolutionaire Kunstraad en schrijft voor hoe de kunst in de nieuwe wereld eruit moet gaan zien. In het dagelijks leven geeft ze zich uit voor beeldend kunstenares. Zelf ben ik hoofd Communicatie, geen communiqué of pamflet verlaat deze stamtafel zonder mijn uitdrukkelijke toestemming. In het dagelijks leven heet ik eigenaar van een PR- en Communicatiebureau te zijn.'

Hij leunde weer achterover en nam een slok uit zijn bierglas. Haye nam ook een slok en veegde zijn snor af. Klaske glimlachte verontschuldigend.

'We kunnen het alleen nog niet eens worden over het handvest van de nieuwe wereld. Ik ben een warm voorstander van het hedonisme als volksreligie, maar ik heb mijn kameraden er nog niet van kunnen overtuigen.'

'Hij bedoelt dat hij een voorstander is van collectieve domheid,' zei Haye.

'Nee, nee, doctor Roukema, dat heb je mij nooit horen zeggen. Ik ga er alleen vanuit dat tevredenheid, bevrediging van welk gekoesterd verlangen dan ook, ons hoogste doel moet zijn. De kennis die we van jou zo nodig in onze koppen moeten stampen helpt daar echt niet bij. Al dat nutteloze lijden dat we over ons afroepen, als we een zogenaamd hoger doel nastreven, dat is nou wat ik een doodzonde noem. Per saldo heeft de civilisatie ervoor gezorgd dat we sadomasochisten zijn geworden.'

'Jongens! Mag hij ook nog wat zeggen?'

Klaske glimlachte naar me. Dolf viel stil.

'Verdomd, ja, daar hadden we het over. Wat doe jij hier eigenlijk? Je gaat me toch niet vertellen dat je hier op vakantie bent? Of ben je een infiltrant, gestuurd door Den Haag?'

Ik vertelde wie ik was en wat ik in Jollum kwam doen. Ontwijkend en in halve zinnen. Haye knikte geïnteresseerd, Klaske glimlachte, Dolf zuchtte.

'Nee, hè, nog een wetenschapper, dat wordt een overmacht.'

Klaske vroeg naar mijn voorouders, ze was de enige van de drie die in Jollum was opgegroeid. Ze kende de winkel van oom Hendrik en tante Jans. Als kind had ze er snoep gekocht. Het was een spoor. De kleine Klaske die voor de zo bekende toonbank had gestaan, te woord gestaan door de forse tante Jans, die haar van vet en vocht opgezwollen hand in een glazen pot liet zakken om de gekleurde snoepjes waar om gevraagd was bij elkaar te graaien. Misschien had ik op datzelfde moment in de rokerige achterkamer gezeten, of buiten op het vierkante grasveld gespeeld. Wellicht hadden we elkaar gezien, aangekeken en weer vergeten, zoals je de meeste dingen weer vergeet.

Terug op mijn kamer, later die avond, keek ik uit het raam naar de kerk. Die was verlicht, oranje lampen tilden haar nog verder op dan de terp waarop ze was gebouwd al deed. Fokker had rond de kerk in zijn woonplaats Haarlem gecirkeld in zijn Spin, mijn grootvader had zichzelf in gedachten ongetwijfeld rond de toren zien vliegen op zijn vliegfiets. Hijzelf was de heroïsche figuur, met pet en wapperende sjaal, zoals hij hem getekend had in het ontwerp.

2

Aan het ontbijt was ik gehaast. De verse bruine boterham, die ik met de stugge roomboter wilde besmeren, scheurde, en het brood klonterde onder mijn driftig schrapende mes. De koffie dronk ik te heet waardoor ik mijn tong brandde. De jam die ik uit het tinnetje probeerde te halen, viel in een dikke klodder op mijn broek.

Buiten rook de lucht naar de donkergroene, bedauwde weilanden rond het graanpakhuis. Het waterige zonnetje dat met me meebewoog, de schreeuw van laag overvliegende vogels. Even voorbij de kerk streek de zon zo roodoranje door een zijstraat, dat ik me terugwaande op het achterweggetje waar we de vliegfiets hadden getest. Zo sterk zelfs, dat mijn voeten zich onwillekeurig vormden naar het bollende wegdek.

Terwijl ik langs de huizen liep, een paar mensen passerend die hun hand naar me opstaken, plande ik mijn dag. Die ochtend zou ik de ontwerpen ophalen op het gemeentehuis. Ik kon ze bestuderen in mijn hotelkamer en tegelijkertijd rapport opmaken. Als alles meezat kon ik het rapport vanavond nog afronden, en zodra ik dan morgen terug was in Delft kon ik het aan Bavinck e-mailen.

Op weg naar het gemeentehuis passeerde ik de winkel van oom Hendrik en tante Jans. In de deur was nog steeds de naam 'Harkema' zichtbaar, uitgeslepen in het glas. Achter de deurruit, evenals achter de voormalige etalageruit, hing vitrage.

Het gemeentehuis lag in de nieuwbouwwijk. Daar waar vroeger nog bos was geweest, met in de wind wiegende bomen, stonden nu lage eengezinswoningen tegen elkaar aangedrukt, en aan een plein dat veel weg had van een verbrede straat, stond het gemeentehuis. Het was een laag gebouw. Eigenlijk niet veel meer dan drie naast elkaar gezette blokken van ongelijke grootte. Uitgevoerd in gele baksteen, met langwerpige ramen, deed het me denken aan de aula waarin we afscheid hadden genomen van Vincent.

Ik ging er binnen via een automatische schuifdeur, die zich opende met een mechanische zucht. De hal was verlaten. Er zat alleen een mevrouw achter de balie, waarop een bloemstuk stond. Kleine rode appels op een stokje staken uit het groen. De mevrouw keek me verheugd aan.

Ik vertelde haar waarnaar ik op zoek was. Het werd een onsamenhangend verhaal. Uiteindelijk schoof ik haar de brief toe. De krullerige letters en het knisperende papier moesten haar duidelijk maken wat ik wilde. Ze las de brief, langzaam en nauwkeurig. Toen ze klaar was met lezen, prevelde ze de achternaam van mijn grootvader en toetste een nummer in op de telefoon die voor haar stond.

'Tuinstra, ja, receptie hier. Ik heb hier een meneer die wat wil weten van Titus IJben, die moet hier hebben gewoond rond 1929, en die heeft iets in bewaring gegeven bij het gemeentehuis.'

Toen ze neerlegde, verzekerde ze me dat de gemeentearchivaris me verder zou helpen. Of ik even wilde wachten, ze wees me een plastic kuipstoeltje naast de schuifdeur.

Het duurde lang voordat hij kwam. Tuinstra had een ringbaard. Zijn gele spencer vloekte bij zijn lichtpaarse overhemd, en zijn sandalen vormden het uitroepteken van zijn wansmaak. Hij kwam me breedlachend tegemoet. Ik schudde een klamme hand en volgde hem. We gingen door een glazen deur die hij door middel van een code moest openen. De brede gang met bakstenen wanden en donkerrood tapijt op de grond, liep langs werkkamers waarvan zeker de helft onbezet was. We betraden een ruimte zonder ramen, verlicht door schel TL-licht. Langs aaneengeschoven archiefkasten liepen we naar achteren. Tuinstra opende een deur en we kwamen in een kleine kamer. Daar was slechts één raam dat uitzicht bood op het nepplein, een boekenkast waarin alleen wat foto's, en een bureau dat middenin de kamer stond. Op het bureau lag een gele kartonnen doos.

Tuinstra sloot de deur achter zich en ging op de hoge bureaustoel zitten. Mij wees hij de stoel die voor het bureau stond.

'IJben. Van wie ben jij er één, jongen?'

Ik vertelde hem dat mijn vader Jelle IJben heette. Hij sprong op.

'Donderju, ik dacht het wel! Jelle IJben, daar heb ik nog mee op school gezeten.'

Hij liep naar het raam en keek naar het lege plein. Het dorp leek wel ontruimd, zo uitgestorven was het. Tuinstra en ik waren nog de enige mensen hier.

'Titus IJben. Jans Harkema-IJben. Jelle IJben.'

Hij sprak de namen uit alsof ze een formule vormden, de ij-klank rekkend en de 'un' half inslikkend.

'Da's wel een machtige tijd geleden, zeg.'

Hij keerde zich om, liep terug naar het bureau en vroeg hoe het met mijn vader was. Ik draaide eromheen. Ik vertelde waar hij woonde, wat hij deed voor zijn werk, verder liet ik het bij algemeenheden. Hij opende de kartonnen doos die voor hem lag.

'De IJbens hadden het moeilijk. Niet van hier. Je grootvader had in het begin van de jaren twintig gewerkt als fabrieksarbeider in Duitsland, in het Ruhrgebied in de staalfabrieken, Altenessen volgens het archief. Hij is geboren in Buil, een paar dorpen verderop. Nu lijkt het vlakbij, maar in die tijd was dat een andere wereld. Toen hij terugkwam uit Duitsland vestigde hij zich hier in Jollum. Hij vond werk bij de Nederlandse Tramweg Maatschappij, als onderhoudsmonteur. De familie IJben was nieuw, en van nieuw houden ze hier nog steeds niet echt.'

Hij bladerde door de papieren die in de kartonnen doos zaten.

'Die dozen zijn feitelijk nog een erfenis uit de tijd dat de registratie binnen de gemeente op gezinshoofd was gesorteerd. Er zit van alles in, rijp en groen door elkaar. Naast de gebruikelijke registraties rond geboorte, verhuizing en dood, ook: brieven, aanvragen voor vergunningen, soms verslagen van de geschillencommissie die hier decennialang heeft gefunctioneerd als een soort dorpsrechtbank. Zodra een zoon uit het gezin ging trouwen en zich binnen de gemeentegrens vestigde, werd een nieuwe doos aangemaakt. Na de oorlog zijn ze d'r mee gestopt, met die familiedozen. Toen gingen we over op de persoonsregistratie. Een doos viel uiteen in een paar mapjes.'

Ik keek naar zijn handen die de weinige papieren in de doos optilden en naar zijn beglaasde ogen brachten.

'Veel is het niet, wat we van de IJbens hebben. Ze hebben hier al met al ook niet zo lang gewoond, op Jans na dan, maar die verhuisde al snel naar de doos van Harkema. Even kijken, een brief waarin hij toestemming vraagt voor het bouwen van een schuur, te gebruiken als werkplaats, in zijn achtertuin. Hier, nog een paar brieven, een verslag van de geschillencommissie uit 1928, je moet er zelf maar eens in neuzen.'

Hij schoof me de papieren toe. Overvallen door een plechtig gevoel boog ik me over de gele doos. De geur van mijn vaders werkkamer steeg eruit op. Nee, het was nog iets anders, het was de geur van de bijbel, de tekeningen. Nauwkeuriger nog, het was de geur van mijn grootvader, die in de bijbel en in deze doos bewaard was gebleven. Ik boog me hier over zijn graf heen, zojuist geopend door de maar half geïnteresseerde Tuinstra. Niet de sluis met het inktzwarte water, of de geruimde plek op de begraafplaats, maar deze doos was zijn graf. Het stemde me trots dat ik al op de eerste dag van mijn verblijf zo ver was gekomen.

Voor me op tafel legde ik de documenten die ik Tuinstra had horen benoemen. Rustig blijven was het devies. Niet zenuwachtig door de papieren bladeren op zoek naar de tekeningen. Het zou argwaan wekken, alsof ik op zoek was naar iets bijzonders, iets kostbaars. Ik las de brief waarin de aangevraagde vergunning werd toegewezen, maar mijn ogen sprongen over de krullerige letters heen, van het papier af, op zoek naar wat er nog meer in de doos lag.

Ik vond ze niet. Naarmate de bodem zich meer ging tonen, was ik gehaaster gaan bladeren. Toen de doos leeg was en de inhoud in een slordig stapeltje ernaast lag, kon ik me niet langer inhouden.

'De tekeningen zitten er niet in.'

Tuinstra keek verstoord op uit een memo dat hij aan het lezen was. Zijn bril, die tijdens het lezen over zijn voorhoofd was geschoven, liet hij terugzakken tot voor zijn ogen.

'Tekeningen? Hoezo?'

Uit mijn jaszak pakte ik de brief en schoof hem over het bureau in zijn richting. Hij haalde het papier uit de envelop. Zijn bril schoof weer omhoog, om ruimte te maken voor zijn ogen. Hij bracht het briefpapier tot dicht bij zijn gezicht. Hij las aandachtig, zijn ogen sprongen heen en weer over het papier. Buiten op het plein zag ik Dolf aan komen lopen. Hij droeg een lange zwarte jas die opwaaide in de wind. Ik herkende hem aan zijn ronde vlezige gezicht dat door de bril in tweeën werd gedeeld, alsof iemand er een dikke zwarte streep overheen had getrokken.

Even leek het erop alsof Tuinstra de brief voor de tweede keer ging lezen, maar plotseling schoof hij me het papier weer toe en zakte achterover in zijn stoel. Hij legde zijn handen achter zijn hoofd, voeten op het bureau en sloot zijn ogen. Ik keek naar de sandalen waarvan het leer op sommige plaatsen gebarsten was. Tussen de bandjes schemerde een grauwe sportsok, die ooit wit geweest moest zijn.

'Inderdaad, als die brief klopt, zouden die ontwerpen in de doos moeten liggen. Tenminste, aannemend dat men in '29 netjes archiveerde.'

Hij sprong op en liep naar het raam.

'Maar ja, zestig jaar geleden, die zijn in de plooien van het kleed van Vadertje Tijd verdwenen, zoals mijn moeder altijd zei.'

Hij lachte in zichzelf en mompelde opgewonden tegen het raam dat het lege plein toonde. Dolf was verdwenen.

'Kunnen ze niet ergens anders opgeborgen zijn?'

Ik had moeite om mijn teleurstelling te verbergen. De trilling in mijn stem zou alleen te horen zijn voor mensen die mij goed kenden. Tuinstra liep terug naar het bureau, waar hij de brief weer voor zijn ogen bracht. Daarna rommelde hij in de stapel papieren op het bureau. Hij haalde er een kaartje uit, zoals je dat in oude kaartenbakken wel ziet, las het en gaf het aan me. Zijn blik was triomfantelijk.

Het kaartje was gedateerd op 24 oktober, 1929. In verbleekte penneninkt was vermeld dat de ontwerptekeningen van zend- en ontvangstapparatuur, in bewaring gegeven door T. IJben, op 25 september 1929, waren meegenomen door Ir. Rathenau, die onderzoek deed in opdracht van de Tramweg Maatschappij.

Ze waren weg, meegenomen. Ik zag me al zitten voor het bureau van Bavinck.

'Was een telefoontje niet op zijn plaats geweest, mijnheer IJben? Bronnenonderzoek betekent niet dat je maar op de bonnefooi overal langsfietst, in de hoop dat ze nog wat leuks voor je bewaard hebben.'

Ik hoorde het hem zeggen, met de omhoog buigende

toon van iedere zin, hetgeen een teken was van zijn boosheid. Het zou er op uitdraaien dat ik de treinreis en de hotelkosten uit eigen zak moest betalen.

Mijn afscheid van Tuinstra was kort. Ik maakte geen gebruik van zijn aanbod nog even in de doos rond te snuffelen. Hij begeleidde me tot de deur van de archiefruimte en gaf een hand.

'Doe je vader de groeten, van Siebe Tuinstra, dan weet hij het wel.'

Ik was al halverwege de ruimte toen zijn stem weer opklonk. Hij stond nog steeds in de deuropening, door het spel van licht en donker leek hij op een uitgeknipt silhouet, zonder details en zonder diepte.

'Die grootvader van jou, is die niet in de sluis hier gesprongen?'

Ik knikte, zonder geluid.

De mevrouw achter de receptie zat te bellen en lachte luid om iets. Ze draaide haar rug naar me toe, wellicht om haar lachen te verbergen, zodat mijn opgestoken hand een zinloos gebaar werd. De schuifdeuren openden zich weer gewillig, en de geur die ik die ochtend al had geroken drong opnieuw mijn neus binnen.

Op het plein keerde net een rode auto. Aan het stuur zat een oude man met een pet op. Hij groette me door zijn hand op te steken. In de verte blafte een hond. Ik bleef even staan kijken naar een grote duiventil die een eind verderop in een weiland stond. Het leek wel een groot uitgevallen poppenhuis dat op twee dikke boomstammen was gezet, die elk door twee wat dunnere balken werden gestut. Duiven zag ik er niet in de buurt.

Opeens klonk achter me een enthousiaste begroeting. Ik keek om en zag Dolf naast de ingang onder een kleine overkapping uitkomen. Hij rookte een sigaret.

'Ik mag daar binnen niet roken, en dat terwijl ik er zo'n

schreeuwende behoefte aan heb als ik met mevrouw Jarkema, zeg maar Jankema, moet overleggen. Ik doe wat teksten voor ze, het bekende voorlichtingsmateriaal, maar die Jankema doet alsof ze er een roman zit uit te persen. Enfin, we hebben het weer overleefd. Jij maar ternauwernood, zo te zien.'

Hij sloeg me op mijn schouder en ik vertelde van mijn bezoek. Samen staken we het plein over en liepen de straat in die langs de sluis leidde. Mijn teleurstelling was groot, de straf van Bavinck onontkoombaar en mijn relaas werd bijna een smeekbede aan Dolf om op te treden als getuige tegen de wanpraktijken van de gemeente als beheerder van de stukken van mijn grootvader.

'Eigenlijk valt het me nog alles mee dat ze überhaupt nog iets van je voorouders in het archief hebben teruggevonden. Ik bedoel, die tent daar, of liever gezegd, deze hele gemeente is een rekwisiet, een decorstuk in het toneelstuk dat gemeentepolitiek heet. Heb je onze burgervader weleens gezien? Het is trouwens een vrouw naar verluidt, maar dat geloof ik pas als ik harde bewijzen heb gezien. Maar goed, ik klaag niet, ze betalen me goed voor mijn schrijfwerk, en daar gaat het per slot van rekening om.'

We liepen verder en naderden de sluis. In 1929 was dit stuk weg een zandpad dat langs het smalle kanaal voerde. Waar het gemeentehuis nu stond, was bos geweest. Ik had het ooit op oude foto's gezien. Had mijn grootvader er een moment aan gedacht om door te lopen, langs de sluis, verderop het bos in, die bewuste avond? Op te lossen tussen de donkere bomen, dat had mij toen ik de oude foto's bekeek zoveel aantrekkelijker geleken dan in dat koude zwarte water te springen.

'Ik doe grofweg twee dingen voor de gemeente. Ten eerste redigeer ik de jaarlijkse gemeentegids – erg bevredigend, het moet gezegd. Daarnaast stel ik maandelijks de gemeenteberichten op, die worden afgedrukt in *De Stellingse Courant*. Het enige leuke daaraan is dat ik de berichten persoonlijk aflever bij de heer Stamper, hoofdredacteur en een oud-studievriend van me, om vervolgens ter viering van deze mijlpaal samen te gaan lunchen. Godzijdank zitten de heer Stamper en ik op één lijn wat een hoop zaken betreft.'

Hij maakte een drinkbeweging en lachte uitbundig. We waren de sluis gepasseerd. Ik had even met de gedachte gespeeld om het hem te vertellen. Ik was blij dat hij het moment had volgepraat. We sloegen een pad in dat meeliep met het water, en verlieten de bredere geasfalteerde weg die verderop tot vlakbij Het Wapen van Jollum voerde. Het pad en het kanaal begrensden het dorp. Opeens bleken we dichtbij de duiventil te zijn.

'Een van de mooiste gemeenteberichten die ik ooit in de krant heb mogen plaatsen ging over dat ding daar. Er was een gemeentelijke verordening uitgevaardigd, die stelde dat het ten strengste verboden was 'te overnachten, of zich zelfs maar voor een korte wijle schuil te houden in de voor duiven bedoelde behuizing'. Stamper en ik hebben ons bescheurd. Wie bedenkt zoiets? Mijn theorie was, en is, dat het een natte droom van Jankema betrof. Die had zichzelf in dat duivenkot zien kronkelen, besprongen door rondfladderende duiven. De volgende dag heeft ze een wethouder zo gek gekregen een verordening te maken die dat moest voorkomen. Jankema is vrijgezel en strikt celibatair. In het begin, toen ik nog niet zo'n stevige poot tussen de deur had bij de gemeente, heb ik nog wel eens wat geprobeerd. Ze moest er niks van hebben.'

Terwijl we het pad verder afliepen en ik mij begon af te vragen waar naartoe we eigenlijk op weg waren, realiseerde ik me dat er iets van mijn grootvaders zelfmoord in *De Stellingse Courant* moest hebben gestaan. Dolf kende de hoofdredacteur, hij zou me gemakkelijk toegang kunnen bieden tot het archief van de krant. Het was een spoor, een voetafdruk die een doodlopende weg markeerde, maar beter dan niets.

Terwijl we een smal tuinpad opliepen, vertelde ik hem dat

ik in het archief van de krant een stukje wilde opzoeken dat over mijn grootvader ging. Ik was meegelopen naar zijn huis. Een kleine woning waarvan ik me afvroeg of het wel een verdieping had. In de voortuin verborg een modern tuinontwerp zich onder bruin geworden en platgeslagen begroeiing. Twee met kleine klinkers bestrate paadjes verdeelden de tuin in vieren. Naast de deur zat een koperkleurige plaat tegen de muur geschroefd. 'Nijenhuis, PR en Communicatie'. Hij keek op zijn horloge.

'Goed idee, ik heb wel even. Binnen bel ik Stamper.'

De gang stond vol dozen. Er ging een trap naar boven. De verf van de treden was afgesleten op het loopvlak. Toen we de woonkamer binnengingen kwam ons een kat tegemoet. Dolf tilde het beest met één hand op. De kat miauwde klagelijk. De achterkamer, van de voorkamer gescheiden door dichtgetrokken schuifdeuren, was een kantoorruimte. In het midden stond een bureau, overdekt met papier. Ernaast een tafel waarop een plat computerscherm. Dolf knipte het scherm aan en met zijn muis wekte hij de computer tot leven.

'Mails, digitaal geleuter van mijn beste vrienden. Niks bijzonders, godzijdank.'

Uit zijn binnenzak haalde hij zijn mobiele telefoon en toetste een nummer in. Met de telefoon tegen zijn oor gedrukt liep hij de keuken in. Hij verdween uit zicht. Ik bleef alleen achter in de kantoorruimte en keek naar de verwilderde achtertuin. In de hoek stond een vogelplankje op een standaard van berkenhout, scheefgezakt tegen de bruingekleurde haag. Verdorde bladeren lagen in verwaaide hoopjes op het gras, dat er modderig uitzag.

Vanuit de keuken hoorde ik Dolf praten. Hij lachte. Ik was moe, mijn missie was mislukt. Met Dolf naar de krant gaan was uitstel van executie.

'Het schikt, hij is zelfs zeer vereerd. Een echte wetenschapper bij hem op de krant. Dat is sinds de oorlog niet meer gebeurd, en toen kwamen ze om onderzoek te doen naar een van zijn verre voorgangers, die tijdens de oorlog de krant had geleid en natuurlijk zo fout was als de pest.'

Hij ging naast me staan voor het raam. Het was een glazen schuifpui met dunne metalen sponningen. Het terras, vijf stoeptegels diep, was groen en vochtig. Hij wees naar de scheefgezakte voederplank.

'Een aandenken aan mijn verkering. Ik heb hier een half jaar samengewoond. Ze was gek op dieren en gezellige hebbedingetjes. Nou ja, je kent haar, Klaske, het meisje uit Het Wapen van Jollum. Het werd niks tussen ons, allebei te onrustig, te creatief, of gewoon te egoïstisch.'

Hij zag er treurig uit.

Stamper was minstens twee meter lang. Zijn gewicht schatte ik boven de honderdvijftig kilo, wellicht dichtbij de tweehonderd. Hij zat onderuitgezakt naar een computerscherm te staren, toen ik achter Dolf zijn kantoor binnenkwam. Het was een kamer die was afgeschot door middel van wanden die niet tot aan het plafond reikte. Ik moest denken aan de ruimte in het graanpakhuis waar Vincent de vliegfiets in elkaar had gesleuteld, zijn voetstappen in het kaf, het licht dat werd gedragen door het altijd opwaaiende stof, en zijn laatste woorden die ik de dag na zijn dood in die ruimte had horen rondzingen.

'Ah, mijn vriend van de onvolprezen gemeenteberichten.'

Verbazend snel voor zijn omvang kwam hij omhoog en schudde ons de hand.

'Wat ik alleen niet begrijp, Nijenhuis, is dat je hier om halftwaalf aan komt kakken, terwijl onze lunchstek pas om twaalf uur eitjes en andere lekkernijen voor ons wil bakken.'

'Mijnheer IJben wil eerst nog even in jouw krantenarchief neuzen, als daar tenminste iets in te vinden valt.'

Stamper pakte zijn telefoon. Hij overlegde met iemand en legde weer op.

'Mevrouw Steenstra komt u halen.'

Hij schudde met zijn rechterhand en knipoogde naar Dolf. Niet veel later kwam een meisje de kamer binnen. Ze gaf een slappe hand, en ik volgde haar. Ze was verwarrend mooi.

Het archief was een kleine ruimte. In het midden stond een tafel met een aantal stoelen er omheen. Langs de wanden boekenkasten waarin dikke boeken opgestapeld lagen, allemaal van het formaat van een krant. Op de banden stond een jaartal en een aanduiding van maanden. In één band gingen vier maanden aan kranten. Het meisje pakte de laatste twee delen van 1929 en legde die voor mij op de tafel. Daarna liet ze me alleen.

Ik bladerde. De geur van het oude krantenpapier verzachtte de mislukking in het gemeentehuis. Sommige bladen dreigden te breken als ik ze omsloeg. Ik passeerde het nieuws dat nog niet door de tijd op zijn plaats was gewezen. De beurskrach in New York deelde de voorpagina met een bericht over een honderdenvijfjarige in Westerwolde. Schuin onder een mistige foto van het beursgebouw op Wall Street, lachte opa Joukema me breed tegemoet. Ik las advertenties waarin gevraagd werd om nette dienstmeisjes, betrouwbare timmerlieden en nauwgezette administrateurs. In Buil brandde een boerderij af door blikseminslag. Op de bijgevoegde foto leek de boerin 'de schreeuw' van Munch te imiteren. Een foto van de minister-president Ruys de Beerenbrouck, die minzaam boog naar een mij onbekende figuur.

Op weg naar de eerste november 1929 bleef mijn blik steken in een stukje op de pagina 'Berichten uit de streek' van de krant van 26 oktober 1929. Alsof er zand was gestrooid op het ijs waarover ik gleed. De naam 'IJben' lichtte op tussen de kleine zwarte lettertjes die in het gelige papier dreigden weg te zakken. Een schok, alsof er een bekende riep. Het artikel droeg de titel 'Stemmen in het bos'. Voorzichtig scheurde ik het los uit het kader waarin het zeventig jaar gevangen had gezeten. Het oude papier bood geen weerstand. Met trillende vingers las ik het stukje vergeeld papier, voordat ik het in mijn zak stopte.

Stemmen in het bos behoren tot de angstdromen van onze kinderen. Wij, volwassenen, wijs en wellicht wat fantasieloos geworden, verkoelen dergelijke koortsdromen door het bestaan ervan simpelweg te ontkennen. Gisterenavond, in het bos ter noorden van Jollum, dat zich donker en vochtig strekt tot aan Buil, werd de angstdroom waarheid, en verstomden onze sussende stemmen. Althans, dat was de bedoeling.

Samen met de heren IJben, werkzaam in de werkplaats van de Tramweg Maatschappij, Rathenau, ingenieur bij de Tramweg Maatschappij, en twee anderen, waarvan de identiteit niet is vastgesteld, ging uw verslaggever het bos in. Er zouden experimenten worden gedaan met een vinding van de heer IJben, die de lokale tram een beslissend voordeel zou geven in de strijd met de busondernemingen.

De heren dromden samen rondom twee fakkels die spookachtige schaduwen langs de boomstammen omhoogjoegen. Ingenieur Rathenau rilde. Het gezicht van de uitvinder IJben stond strak en zag er in het flikkerende licht haast angstwekkend uit. De koelte van de bosgrond trok in onze kleren.

Op een tafeltje tussen ons in lagen twee telefoonhoorns die waren verbonden met kleine rechthoekige kasten. Plechtig pakte de heer IJben één van de telefoonhoorns op en gaf deze aan één van de mannen, die een kompaan van hem bleek te zijn. Het bijbehorende kastje verdween in de jaszak van de man. Met een geheimzinnige blik liepen de twee mannen vervolgens het donkere bos in, IJben, Rathenau en uw verslaggever in spanning achterlatend.

IJben pakte de andere telefoonhoorn op en drukte deze tegen zijn oor. Hij keek ons veelbetekenend aan. Zijn adem wolkte grijs op in het licht van de fakkels. Het maakte alles nog spookachtiger. We wachtten. Rathenau beende heen en weer, hij maakte een ongeduldige indruk. IJben riep iets in de hoorn. Hij leek geen antwoord van gene zijde te krijgen, de lijn was dood. Luider klonk

zijn stem op, door de koude gesmoord weerklonk zijn 'hallo' tus-
sen de bomen. Nog steviger drukte hij de hoorn tegen zijn oor.
Rathenau staakte zijn gebeen en boog zich voorover naar de uit-
vinder. Er klonk slechts gekraak en geruis op uit de hoorn.

Steeds luider riep IJben, radeloos bijna klonk zijn stem. Uit-
eindelijk hoorden we iets. Een zacht antwoord klonk op tussen de
bomen, een gefluister welbeschouwd. Het werd sterker en sterker.
We hoorden een stem, en niet veel later klonk ook het gekraak op
van een tak die knapte. De twee mannen kwamen teruglopen en
riepen ons toe.

Weer had de mens de techniek overtroffen.

Ik moest het een paar keer lezen, om de strekking ervan tot
me door te laten dringen. Hij had de zender gebouwd! Er
was zelfs sprake geweest van een experiment, in het bijzijn
van die Rathenau, die de ontwerpen had meegenomen. Ik
rook het kille bos. Ik zag de brandende kraalogen voor me,
de met condensdruppels overdekte snor, en de radeloze man
die in de telefoonhoorn schreeuwde. Ik voelde de paniek van
de teleurstelling. Zo vaak had ik die paniek gevoeld, als Vincent en ik weer eens wat hadden uitgeprobeerd en de perfectie van mijn berekeningen aan stukken werd gescheurd door
een verkeerde zucht wind, afbrekende onderdelen of een gat
in de weg – door de onvolmaaktheid van de werkelijkheid,
kortom. Maar bovenal voelde ik de pijn van de woorden, die
scherper kunnen zijn dan messen. Het waren de woorden
van Vincent, als er weer eens wat mislukt was. Het waren de
woorden van mijn vader na Vincents dood. Zo praat je tegen
de mislukkeling die je een laatste kans hebt gegeven om te
bewijzen ergens goed voor te zijn. De afschuw over het onvermogen die zich uit in een zich vergenoegen over de mislukking.

De deur van het archief ging open en het ronde hoofd van
Stamper werd naar binnen gestoken.

'Zijn we er al uit, doctor? Onze magen rammelen, en ik

wil u graag op een niet te versmaden uitsmijter trakteren.'

Ik schoof het uitgescheurde artikel snel in mijn jaszak en sloeg het boek dicht.

'Laat die dingen daar maar liggen, dat ruimt Steenstra straks wel op.'

We staken de weg over die voor het redactiegebouw langsliep. Er was wind opgestoken. De grijze nevel die vanaf de ochtend dicht op het land had gehangen, begon te verwaaien. Tegenover het redactiegebouw was een restaurant waar we naar binnen gingen.

'Drie bier, Harm,' riep Stamper toen we binnenkwamen. Hij ging ons voor naar een tafel bij het raam. Het redactiegebouw zag er vanaf hier uit als een fabriek.

'Zo, nou ben ik weleens benieuwd naar wat de wetenschap uit ons archief heeft weten te lichten.'

Stamper keek me hoopvol aan. Dolf stak een sigaret op. Ik vertelde van het artikel, wat erin stond en wat ik wist van de ontstaansgeschiedenis. Ik noemde het een gemakkelijk stukje van een broodschrijver die niet had begrepen waar het werkelijk om ging. Eén mislukt experiment is net zo min een bewijs als één geslaagd experiment. Dolf en Stamper lachten. Het bier kwam en ze hieven het glas.

'Op de wetenschap,' zei Dolf.

'Op de waarheid,' voegde Stamper toe.

Dolf en Stamper bestelden zonder op de kaart te kijken. Beiden namen gebakken ei met spek en kaas, twee witte boterhammen. Ik sloot me bij hen aan.

'Zoals je het mij vertelt, lijkt het me een briljant artikel, spannend, prikkelend, fantasierijk. Dat heb je nodig in een streek als deze. Moet je hier eens naar buiten kijken. Deze streek is een bewegingloos lichaam, om niet te zeggen een dood lijk. Nieuws is hier zo schaars als haar op het hoofd van mijn grootvader, en ik kan je verzekeren, die was goed kaal. Als je je hier tot de feiten beperkt, dan kun je alleen nog reclamefolders uitgeven.'

'De wetenschap denkt dat ze naakt is zonder het harnas van de feitelijkheid,' bracht Dolf in. 'Ik zeg "Tjerk",' hij hief zijn glas naar Stamper. 'Dan zeg ik "Vermaning".' Ze keken me aan, ik begreep ze niet. Stamper slaakte een zucht.

'Dat noemt zich dan een wetenschapper en hij weet niks van de affaire Vermaning. Tjerk Vermaning, de scharensliep, die eigenhandig een heel museum aan archeologische vondsten bij elkaar scharrelde. Hij had visioenen, zo gaat het verhaal, van door het land struinende Neanderthalers. Op de plaats waar dergelijke visioenen hem overvielen, ging hij zoeken, en, jawel hoor, daar vond hij stenen werktuigen. Zijn vondsten duwden de bewoningsgeschiedenis van Nederland zo'n 100.000 jaar terug in de tijd. Hij gaf Drente een geschiedenis waar je u tegen kon zeggen. Geen mens liep meer over de Drentse hei, of een Drents bospad, zonder zich die immense geschiedenis bewust te zijn die zich daar had afgespeeld. Hij werd een publiek figuur, in de jaren zestig en zeventig was hij vaak op televisie.'

Stamper nam een slok bier en keek naar buiten. Hij schudde zijn hoofd. Dolf nam het gesprek over.

'Vermaning had een perfecte PR-actie opgezet. Iedereen geloofde hem. In het begin werd hij zelfs geloofd door de wetenschap, en het Drents museum, die kochten zijn vondsten op. Maar ja, zo'n scharenslijper die belangrijke vondsten doet, die het instituut dat wetenschap heet omverblaast, dat kan natuurlijk niet. Het publiek vond het een prachtig verhaal. Het is een variant van de Goliath-mythe. De mensen houden van kleine helden, die het tegen de groten opnemen.'

Stamper viel weer in: 'Totdat de één of andere gestudeerde pennenlikker die vondsten onder de microscoop ging bekijken. Hij zag dat de krasjes recent gemaakt waren. En zo werd onze kleine vriend ontmaskerd, Drente weer een kaal boerenland waar pas zo'n 15.000 jaar mensen rondliepen, en zo had de waarheid weer gezegevierd.'

'De waarheid is het meest uitgeleefde huis van de Europese intellectuele geschiedenis. Descartes kon zich er nog aan de haard warmen, maar als je er heden ten dage de deur te hard dichttrekt, stort het in.'

Na deze bijdrage zuchtte Dolf diep en hief zijn glas, dat bijna leeg was. Stamper erkende het volledig met hem eens te zijn, en toen kwamen de gebakken eieren. Het mijne sputterde nog wat. Een gele vetvlek spreidde zich uit over de witte boterhammen eronder.

3

Toen ik later die middag in Het Wapen van Jollum terugkwam, was ik neerslachtig. Buiten had de nevel zich weer
verdikt, en was het zelfs licht gaan regenen. Binnen rook alles naar ouderdom en morgen al moest ik een samenvatting
van dit mislukte bezoek opstellen voor Bavinck. Ik ging op
het bed in mijn hotelkamer liggen en viel in slaap.

Ik zat naast de sluis op een bankje. De zon straalde op
mijn gezicht en in de verte waaiden de bomen in de zomer-
wind. In het bos, daar verderop, was mijn grootvader. Ik had
hem erheen zien gaan en hoorde zijn krakende stem opklinken tussen de bomen. Alsof er een grote versterker stond op-
gesteld, zo luid klonk zijn stem. Hij riep steeds hetzelfde:
'Hallo'. Voor mij, in het zwarte water, dreef Stamper. Zijn
buik bolde boven het wateroppervlak, zijn wasgele gezicht
was in een grijns vertrokken. Aan de overkant van de sluis
stonden mijn vader en Vincent. Ze keken vol afschuw naar
de drijvende Stamper.

Ik ontwaakte verward, zowel in tijd als in plaats. Uiteindelijk hervond ik mezelf, staande voor het raam. Buiten schemerde het, de kerkklok gaf tien over vijf aan. De volgende
ochtend zou ik hier vertrekken. Ik wilde nooit meer terugkomen. Ik hoopte dat dit het afscheid van Vincent zou blijken te
zijn. Vrijdag zou ik bij Bavinck gewoon open kaart spelen,
hem alles vertellen, en dan verder gaan met mijn onderzoek,
met mijn leven.

Om zes uur ging ik naar beneden om te eten. Ik was weer alleen in het restaurant. Dit keer stond er een gehaktbal op het menu, geserveerd met doorgekookte stronkjes bloemkool en kruimige aardappels. Er was ook appelmoes met stukjes, en jus waarin glazige vetogen dreven.

De wijn liet ik me het beste smaken. Twee grote glazen kwam de rossige jongen brengen. Hoe onrechtvaardig was het dat tante Jans mijn grootvader ooit een slappeling had genoemd. Ze had het artikel in *De Stellingse Courant* niet gelezen, anders had ze het begrepen. Hij had zich na de verschijning waarschijnlijk niet meer op straat durven vertonen.

Het tweede glas wijn nam ik nog halfgevuld mee naar de caféruimte. Aan een tafel in de hoek zaten vier oudere mannen te kaarten. Eén ervan stak zijn hand naar me op. Haye zat alleen aan de leestafel. Hij las een krant. Ik ging naast hem zitten. Hij leek blij verrast.

Ik vertelde hem van mijn teleurstellende dag, mijn bezoek aan het gemeentearchief en aan het archief van *De Stellingse Courant*. Hij lachte.

'Ah, Dolf heeft je al meegenomen naar de krant. Hij leeft er min of meer, samen met zijn grote vriend de hoofdredacteur. Heb je Stamper ook al ontmoet?'

Ik knikte bevestigend.

'Dolf heeft in naam dat adviesbureau, maar in feite werkt hij gewoon voor de krant. Hij doet van alles en nog wat voor Stamper: gemeenteberichten, redactioneel werk, hij schrijft zelfs wekelijks een column onder het pseudoniem 'De siepel'.

Haye haalde twee glazen donker bier en proostte op mijn onderzoek. Ik vertelde wat ik in het archief van de krant had gevonden en hoe mijn grootvader aan zijn einde was gekomen. Het causale verband tussen het één en het ander werd in mijn verslag een absolute waarheid. Mijn grootvader was in de sluis gesprongen vanwege dat artikel. Ik eindigde met het doen van mijn beklag over de houding van Dolf en Stamper. Feller dan ik wilde, dan gerechtvaardigd was ook.

'Dolf en Stamper hebben het liegen tot kunstvorm verheven. Voor hen is iets waar als voldoende mensen het geloven. De universiteiten kunnen gesloten worden. We hebben alleen nog reclamebureaus nodig. Ik vind Dolf echt een prima vent, geschikt om een biertje mee te drinken, maar dit soort discussies voer ik niet meer met hem. Hij lult maar wat uit zijn nek en geeft af op mijn werk, terwijl hij er niets van weet en nog minder van snapt.'

Hij vertelde over zijn werk op de universiteit. Ik was met mijn gedachten nog in het kille bos waar langgerekte wolken adem, opgelicht door de fakkels, boven de hoofden van de aanwezigen bleven hangen, als halo's. Waar mijn grootvaders gezicht in de dampige duisternis nauwelijks nog vorm had. Vlak en eivormig bewoog het zenuwachtig heen en weer op het rondrennende lichaam. Er was geëxperimenteerd! Daar had mijn vader nooit iets van verteld. De tekeningen in de bijbel – ook de ontbrekende – waren Platonische ideeën, die Vincent en ik als eersten hadden geprobeerd te projecteren op de wanden van de grot. Een inferieur en verminkend spel met licht en donker was het geweest, met fatale gevolgen. Het was nooit de bedoeling geweest ze tot werkelijkheid te maken, zoveel had mijn vader mij trachten duidelijk te maken. Nu was ik erachter gekomen dat de bedenker zelf – schijnbaar als de dood voor de mislukking – de verwezenlijking had gezocht als bewijs van zijn gelijk.

Haye sprak opgewonden over Ed en Willem. Collega's, die rondreden in de kelder van het instituut waar hij werkte (op fietsjes, in karretjes?) en eenvoudige opdrachten uitvoerden met blokken. In zijn enthousiasme vergat hij het bierschuim uit zijn snor te vegen. De geelbruine draden wiegden op de woorden die hij in snel tempo sprak.

Pas na enige tijd kwam ik erachter dat Ed en Willem twee robots waren die gebruikt werden in een experiment.

'Het meest dramatische moment in de voorbereiding was toen we de twee robots moesten verminken. Ons antropomorfisch vermogen was groot en het waren bijna levende wezens geworden. Toch moest zowel Ed als Willem een arm opofferen aan het experiment. Anders hadden ze immers in hun eentje die piramide kunnen optillen. Ze hadden mij aangewezen om de amputatie uit te voeren. Ik ben daarna een week niet in de ruimte geweest waar Ed en Willem rondschuifelen. Ik durfde ze niet onder ogen te komen.'

Ik vertelde hem van mijn geknutsel met Vincent, van mijn windmeter, maar durfde niet over de vliegfiets te beginnen. Ik loog over een project dat we ooit hadden bedacht maar nooit uitgevoerd. Het was een zeilboot waarbij de wind een langgerekte rotor die op een mast leek in draaiing bracht, waardoor elektriciteit werd opgewekt. Deze elektriciteit dreef een elektromotor aan waarmee de boot vooruit kwam. De vaarsnelheid kon zo in zekere mate onafhankelijk van de windsnelheid worden gekozen. Haye luisterde geïnteresseerd naar mijn verhaal van de boot die de witgekuifde golven doorsneed, met Vincent en mij op de achterplecht, en gevangen in een volle wind toch kon afremmen. Ik liet Vincent lachen, ik liet Vincent behendig manoeuvreren. Ik liet hem leven.

Het verhaal van mijn studie vatte ik samen met de aanleiding: het boek van Hofstädter. Haye keek me aan met de blik van iemand die plotseling een oude vriend herkent. Met zijn rechterhand sloeg hij op het vettige tafelblad van de leestafel. De kaarters keken op. 'Twee bier,' riep er een. De barman ging door met glazen afdrogen.

'*Gödel, Escher, Bach* de bijbel uit mijn jeugd. Ik ging ermee naar bed, ik stond ermee op. De Vintage-uitgave uit 1979, *collectors item*, door mij naar de filistijnen gelezen.'

Hij citeerde de schildpad. Ik citeerde de miereneter, bij wijze van antwoord. We lachten zo luidruchtig dat een van de kaarters riep dat het bier wel achterwege mocht blijven.

Terwijl hij in een langgerekte beweging het schuim uit zijn snor veegde, bekende hij als jongen verliefd te zijn geweest op Gödel zoals deze voorkwam op een foto in het boek. Zijn rechtlijnige schoonheid was een afspiegeling van zijn denken, de ronde bril, het strak tegen zijn schedel geplakte zwarte haar, zijn gezicht zonder plooi of pukkel. De bladzijde waarop de foto was afgedrukt had hij uit het boek gescheurd en boven zijn bed gehangen.

'Jeugdzonde, puberale verhitting.'

Hij leek er nog spijt van te hebben dat hij de bladzijde was kwijtgeraakt.

Haye haalde nog twee glazen bier en kwam ook terug met een idee. Die Tramweg Maatschappij was ooit opgegaan in een vervoersonderneming die ook buslijnen exploiteerde. Uiteindelijk was alles wat zich met openbaar vervoer bezighield in de regio, op de trein na dan, opgegaan in een grote vervoersonderneming waarvan het hoofdkantoor in Groningen stond. Niet ver vanwaar hij werkte. Ze hadden daar vast een archief waarin al die deelarchiefjes waren samengevoegd. Ik moest daar maar eens heen.

We spraken af dat ik de volgende ochtend om tien uur met hem zou meerijden naar de stad. Hij zou mij wegbrengen en, zo ik wilde, ook weer mee terug nemen.

De volgende dag begreep ik mijn problemen weer beter. De wijn, het bier, die de tijd hadden uitgerekt tot bijna oneindige proporties, waren uitgewerkt. De tijd was weer netjes teruggeduwd in de begrenzing van de kalender. Het was donderdag. Die middag zou ik Bavinck een verslag moeten mailen. Morgenochtend zou ik voor zijn bureau zitten, de gedaagde, al schuldig bevonden. In de ochtendschemer overwoog ik om Haye af te bellen, maar ik wist zijn telefoonnummer niet.

Het was een excuus dat ik met beide handen aangreep. Het nummer van Bavinck kende ik wel, dus belde ik hem even na acht uur. Hij begon altijd vroeg, en dan hoefde ik niet langs zijn secretaresse, want die begon pas om half negen. Bavinck klonk gehaast en was snel overtuigd van de noodzaak om nog een dag langer weg te blijven.

'Eén nacht krijg je nog. Niet meer, hoor.'

Ik was opgelucht. Niet dat ik geloofde iets in Groningen te zullen vinden, maar ik had in ieder geval toestemming om mijn rapportage uit te stellen.

Om tien uur, ik zat in het café een krant te lezen, werd er getoeterd. Haye zwaaide naar me vanuit een oranje Daf 33. Ik stapte in. Een met zwart dun skaileder beklede stoel, waarin ik de buizen van het frame voelde.

'Het is een hobby van me. Ik bedoel, het rijdt niet echt. Niet zo comfortabel als die moderne auto's, maar in dit ding zit de meest geniale transmissie die ze in de auto-industrie ooit hebben uitgevonden. Die Van Doorne hadden ze hiervoor een prijs moeten geven. Ik kan bijna net zo hard achteruit rijden als vooruit.'

Hij keek me verwachtingsvol aan. Ik wist niets te zeggen. Het klonk indrukwekkend, maar wie wilde nou op volle snelheid achteruit rijden? Het geluid van de motor gaf me het gevoel alsof ik op een brommer zat, maar dan overdekt. De herrie in de auto had als voordeel dat praten moeilijk ging. Ik keek naar de weilanden, de bossen, de kleine heidevelden en plaatsen van niks die we passeerden.

Haye wees me een plat gebouw aan. Er speelden kinderen op een plein aan de zijkant ervan.

'Daar heb ik schoolgegaan. Ze zouden een verbod moeten uitvaardigen op dat soort inrichtingen. Die daar was erop gericht om iedere intellectuele oprisping – nieuwsgierigheid, interesse, verbazing – voorgoed de kop in te drukken. Daar had je immers geen flikker aan als je later in de bouw ging werken, of op de boerderij, of in de melkfabriek.'

Zijn gezicht stond grimmig, we reden met hoge snelheid over de lege provinciale weg. In het weiland waar we langs raasden, reed verderop een tractor. Meeuwen vlogen op en daalden achter de voorthobbelende tractor weer neer op het gras.

Het hoofdkantoor was cilindervormig en geheel bedekt met reflecterende glazen platen. Een kromgetrokken spiegel, waarin de weerschijn van de grijze lucht. Haye had zijn auto op de bezoekersparkeerplaats geparkeerd, net naast de ingang. In het ronde glas zag ik hoe de Daf werd uitgerekt en hoe een brede karikatuur van mijzelf uitstapte.

We liepen samen naar de hoofdingang. Hij had aangeboden om met me mee te gaan. Ik had zijn aanbod dankbaar geaccepteerd, omdat het me opeens een belachelijke onderneming leek, die steriele toren binnen te gaan en te vragen om ontwerptekeningen die meer dan zestig jaar terug op het gemeentehuis van Jollum waren afgegeven. Zoiets als vragen of ik ingenieur Rathenau even kon spreken, terwijl die waarschijnlijk al jaren onder de grond lag.

Haye liep gedecideerd naar de balie van de receptie. Vanachter een dikke glasplaat keek een kale man ons verveeld aan. Haye boog zich voorover naar de vierkante microfoon die in het glas zat.

'Goedemorgen, mijn naam is Professor Fritsema, van de vakgroep sociale economie hier aan de universiteit. Dit hier is doctorandus de Vries. We zouden graag wat rondkijken in uw archief, in het kader van zijn dissertatieonderzoek.'

'Het archief doet Tollens, ik bel hem even,' hoorde ik door een speaker opklinken.

Tollens, een jonge man die er uitzag als de algemeen directeur van de organisatie, kwam opmerkelijk snel. Haye voerde zijn act nogmaals op. Ik knikte toen ik de man de hand schudde, maar durfde mijn mond niet open te doen.

Tollens leek onder de indruk en ging ons voor naar een ruimte in de kelder van de cilinder. We liepen door een lange betonnen gang, verlicht door tl-buizen. Haye liep naast Tollens en leek in zijn element.

'We doen een uitgebreid onderzoek naar de sociaal economische ontwikkeling van de vervoerssector in deze regio. Onze interesse betreft met name de opkomst van het busvervoer, ten koste van de lokale tramlijnen. We willen nu graag op hoofdlijnen in kaart brengen welk kostbaar bronnenmateriaal bij u ligt opgetast. Op basis daarvan willen we het onderzoek verder in detail plannen. Het gaat er ons dus alleen om dat we een paar uur in uw archief mogen rondneuzen, opschrijven wat er zoal is. Op een later moment komen we dan graag met uw toestemming terug om een aantal documenten nader te bestuderen.'

We gingen een ruimte binnen die vol stond met houten stellingkasten.

'Het gaat ons met name om de archiefstukken van de Tramweg Maatschappij,' zei Haye, terwijl we naar de lange rijen volgestouwde kasten keken. Tollens nam ons mee naar twee kasten in de rechterachterhoek van de ruimte.

'Hier staan de oude archieven. Als het goed is zit de Tramweg Maatschappij hier ook bij.'

Hij schoof wat met een paar dozen, trok enkele ordners naar voren.

'Nou ja, kijkt u zelf maar wat rond. Als u klaar bent kunt u mij bellen, met het toestel voor in het archief. Mijn toestelnummer staat op het kaartje dat naast het toestel hangt.'

Hij verdween, we hoorden de deur dichtslaan. De kast waarvoor we stonden was gevuld met stapels papier, dozen, scheefgezakte ordners. Het maakte een ongeordende indruk.

'Kijk, als we die vent hadden verteld dat jij in die tekeningen geïnteresseerd was, dan was hij argwanend geworden. Nu staat er een heuse professor in zijn archief onderzoek te doen. Dat kan alleen maar goed uitpakken. En daarbij, als we die tekeningen vinden, kunnen we ze nu zondermeer in onze binnenzak steken. Hij weet toch niet wat er tussen deze rommel allemaal ligt.'

We zochten. Dozen werden op de geverfde betonnen vloer gezet en leeggehaald. Getypte brieven met verbleekte handtekeningen, geschreven notities, dienstregelingen van jaren die er niet meer toededen, folders die een lokale lijn aanprezen. In een ervan was een blijmoedige jongen afgebeeld die over een bospad rende. 'Met het spoor naar de Donkerbossen,' stond erboven. Het bospad leek op dat waarlangs ik had gestaan toen Vincent me aan een boom had vastgebonden.

Haye vond wat we zochten. Uit een van de dozen haalde hij een grijze map. Op de voorkant stond in brede inktletters geschreven: *Archief Rathenau*. Hij lachte triomfantelijk. We ruimden eerst de rommel op voordat we de map openden.

Niet veel later stond ik met de ontwerptekeningen in mijn handen. Ik herkende ze, hoewel ik ze nooit gezien had. De zwarte lijnen van de stroomschema's, de kleine krabbels ernaast, en de geur van het papier, natuurlijk de geur. Het waren vier volgekrabbelde bladen. We keken er samen naar. Haye mompelde wat. Ik had het idee dat hij begreep waar hij naar keek. Ik kon me niet losmaken van de lijnen en de krabbels zelf – bijna tastbare sporen van mijn grootvader. Het beeld dat ze opriepen, was weer het kille bos, waarin de stomende mannen rondliepen.

Naast de tekeningen bevatte de map drie brieven.

Haye handelde. Hij pakte de tekeningen uit mijn handen en vouwde ze netjes op. Het werd een langwerpig pak papier. Hij gebaarde dat ik mij moest omdraaien. Hij trok mijn overhemd los en duwde het pak langs mijn blote rug mijn broek in. Toen het stevig genoeg zat, stopte hij het overhemd weer terug.

'Met je jas er overheen zien ze er niets van.'

Voor mijn gevoel had ik een zichtbare bochel. Het kraakte als ik liep. Haye stopte de drie enveloppen in de binnenzak van zijn colbert. Terwijl ik mijn jas aandeed, die ik op de grond had neergelegd, voor de kast waarin we hadden gekeken, hoorde ik Haye de archivaris bellen. De arrogante toon waarop hij de man eerder had toegesproken, was weer terug. Zijn handen wezen dingen aan die voor zijn gesprekspartner onzichtbaar bleven. Hij gebood de man ons te komen halen.

Toen we even later door de betonnen gang liepen, ik weer achter de twee anderen aan, voelde ik hoe mijn rug warm werd. Prikkende huid die zweetdruppels aankondigde. Het papier van de tekeningen zou nat worden, onherstelbaar beschadigd. Bij iedere stap hoorde ik mijn papieren rug kraken. De angst perste het zweet uit mijn poriën. Druppels zwollen en gleden omlaag. Het papier kleefde aan mijn huid.

In de hal sloeg Haye de archivaris op zijn schouder en complimenteerde hem met 'de schat' die hij mocht beheren. We zouden zeker terugkomen, en dit archief zou een doorbraak in het onderzoek betekenen. Ik bood de man mijn klamme hand aan. Hij drukte hem met een verbaasde blik. Mijn wangen gloeiden, zweetdruppels groeiden bij mijn haarrand.

In het Dafje draaide ik het raam open. Frisse lucht waaide in mijn gezicht. Op mijn schoot lagen de tekeningen, vochtig geworden papier, maar geen zichtbare schade. Haye lachte en bleef maar roepen: 'We komen zeker terug.'

We moesten nog langs bij zijn werk. Ik was misselijk. De rokende kamergenoot die koffie slurpte uit een grote mok waarop in dikke zwarte letters gedrukt stond 'Me Boss Not You', maakte het er niet beter op. Ik ging naar het toilet en zat er lang met mijn hoofd in mijn handen.

We gingen naar de ruimte waar Ed en Willem rondreden. In een kamer ernaast had Haye ze tot leven gewekt door op een computer wat commando's in te tikken. Het waren twee eenarmige bandieten, dwergachtige tonnetjes die in de ruimte rondreden, daarbij een aandoenlijk gezoem producerend. Soms stonden ze plotseling stil, draaiden rond hun as en vervolgden hun weg in een andere richting.

Haye sprak tegen ze.

Ed, het roodgespoten tonnetje, reed in volle vaart tegen een piramide van piepschuim. Willem ging daarop wild rondjes draaien. Het ontroerde me. De domheid, de grenzeloze naïviteit die uit deze mechanische paniek sprak. Haye schold Ed uit. Het tonnetje reed naar een van de wanden van de ruimte en viel stil, alsof het zich verborg.

'Perfect zijn die krengen nog niet, maar ze reageren op elkaar, al begrijp ik niet altijd wat ze bezielt.'

Daarna gingen we de stad in. Ik moest de Martinitoren beklimmen. Haye kocht kaartjes en we beklommen de stenen trap die langzaam omhoog draaide. Op de omloop, vanwaar we de omlaag geduwde stad konden overzien, waaide ons een klamme wind in het gezicht. Er zat een vogel op de balustrade. Toen we haar naderde stapte ze de lucht in. De draagkracht van haar uitgeslagen vleugels droeg haar weg. Vincent met zijn fladderende kleppen van zijn vliegenierskap, de omhoog klappende vleugel, hoe ik hem had zien loskomen van de fiets.

Vincent zou mijn zoektocht belachelijk hebben gevonden. Ons geknutsel was een grap, tijdverdrijf. In mijn plaats zou hij zijn doorgegaan met leven. Ik kon hem nooit meer omhoog tillen, terug het dak van het graanpakhuis op. Net zomin als ik mijn grootvader uit het zwarte water van de sluis kon redden. Bavinck zou me ontslaan, ik had mijn tijd verdaan. Ik had de tekeningen, maar ze waren gesteld in geheimschrift. Ik kon ze niet lezen, zoals ik de tekeningen van de vliegfiets niet had kunnen lezen. Mijn grootvader, mijn vader, en Vincent konden ze lezen.

Ik had ze met rust moeten laten.

Op de terugweg was ik stil. We hadden in de stad wat gegeten. Het begon te schemeren. Het leek alsof de nacht uit de sloten omhoog kroop en zich over de weilanden heenlegde. De Daf overstemde mijn gedachten en maakte het Haye onmogelijk om een gesprek te beginnen. Ik hoopte dat hij mij zou afzetten bij Het Wapen, en direct zou weggaan. Op mijn kamer zou ik mijn spullen inpakken. De volgende ochtend zou ik vertrekken.

Haye parkeerde naast de kerk en liep met mij naar Het Wapen. Hij was opgetogen. In het café, waar Klaske en Dolf aan de leestafel zaten, gooide hij de tekeningen en de brieven tussen hen in op het glimmende tafelblad.

'Missie geslaagd, onderzoek gered. Ziehier de uit de klauwen van de vervoersboeven ontvreemde schat. En nu hebben we een bier verdiend.'

Dolf stond op en haalde bier. Haye ontvouwde de tekeningen. Dolf zette de volle glazen voor ons neer en boog zich vergenoegd over het papier.

'Ah, nieuws, sappige feiten.'

'Niks geen nieuws, krantenleugenaar, dit is wetenschap. Zoals het gezegde luidt, *"The proof of the pudding is in its eating"*, en dat gaan we doen. We bouwen hetgeen hier staat uitgetekend, en als het werkt, is Ytzes grootvader een technisch genie.'

Ik dronk het bier. Het bracht rust, verzoening ook. Het maakte dat ik uitgebreid inging op de vraag van Klaske naar wat dit te betekenen had. Ik vertelde van mijn grootvader, de tekeningen in de bijbel, de brief waarin hij de ontwerpen van zijn zender en ontvanger beschreef, en dat hij ze op het gemeentehuis in bewaring had gegeven, de experimenten in bijzijn van een ingenieur van de Tramweg Maatschappij, zijn zelfmoord in de sluis, mijn gesprek op het gemeentehuis, het artikel in *De Stellingse Courant* – dat ik wijselijk in mijn zak hield omdat Dolf erbij was – en ons bezoek aan het archief van de regionale vervoersmaatschappij.

'Kijk, dat willen de mensen: drama, spanning, lokale geschiedenis. Ik ga straks Stamper bellen, er moet een rapportage over jouw onderzoek in de krant.'

'Hé, Dolf, jij altijd met die krant, laat ons nou eerst die zender eens bouwen. Kijken of het wat is, of het ontwerp deugt.'

'Dat interesseert toch geen hond, doctor Roukema, het gaat om die man in de sluis, die ingenieur van de Tramweg Maatschappij en geheimzinnige experimenten in het nachtelijke bos.'

'Is dat het bos achter het nieuwe gemeentehuis?' Klaske keek me vragend aan. Alsof ik precies moest weten waar het alles zich had afgespeeld. Ik wist alleen de sluis te vinden en het voormalige huis van tante Jans. Het bos van de experimenten was, als ik eraan dacht, een zich over Jollum uitsmerende donkere fantasie, die teruggevonden kon worden in een smalle steeg tussen twee huizen, in het zwarte water dat in de sluis schommelde en zelfs in de diepe inbouwkast in mijn kamer in Het Wapen.

'Dat moet het bos achter het gemeentehuis zijn,' vervolgde zij, meer tegen zichzelf dan tegen de anderen. 'Het mooiste bos hier uit de omgeving. Oud, grillig, één van de laatste overblijfselen van het Friese woud. We moeten er eens heengaan als het donker is. Het is verslavend griezelig daar.'

'Ze zien er redelijk uit, die tekeningen. Ik bedoel, van wat ik van de stand van zaken van de radio-ontvangst weet uit de jaren twintig, is dit *state of the art*. Hoe kwam die man aan zijn kennis?'

'Kijk hem zitten, onze intellectuele slager, die de schoonheid uitbeent en ons de botten biedt. De waarheid, de essentie, dat zijn niet die paar knekels waar jij je aan verlekkert, die heb je er net vakkundige vanaf gesneden, lummel.'

'O, o, Dolf is weer angstig voor de verdieping. Wat is dat toch met jou, dat jij iedere ietwat verheven gedachte wil platslaan, of nee, beter gezegd, wil voorkauwen zodat het bij de gemiddelde boerenlul gemakkelijk naar binnen glijdt? Als we op basis van deze tekeningen een werkende zender/ontvanger bouwen, dan rehabiliteren we de grootvader van Ytze. Dat doe je niet door een verzonnen rapportage in *De Stellingse Courant* te plaatsen.'

'Als kind ging ik vaak naar de sluis. Die sluis fascineerde

me, het donkere water dat tussen de betonnen wanden klotste. Het trok, dat water. Het nodigde je uit om erin te springen. 's Nachts droomde ik dat er handen uit het water omhoog werden gestoken die mij omlaag trokken.'

Klaske nam een slok van haar rode wijn en leek ontroerd. Dolf schoof zijn stoel wat achteruit, alsof hij ruimte wilde maken voor zijn aanval op Haye.

'Je bent een onverbeterlijke dogmaticus. Week je nou eens los van je sektarische vooringenomenheid. Die rede van jou is onlangs aan ondervoeding gestorven. Je had het kunnen lezen in de krant, of kunnen zien op televisie. Maar ja, daar voel je je te goed voor.'

'Televisie, nog zo'n uiting van culturele zelfmoord. Naarmate het aantal zenders toeneemt, verschraalt het aanbod.'

'Je kijkt verkeerd. Ikzelf behoor tot de soort van a-typische kijkers. Daar waar de gemiddelde tv-hanger zapt zodra de reclames beginnen, zap ik juist als er iets anders dan reclame komt. Reclames vormen de achterdeur, het openstaande raam, waardoor we de achterkant van onszelf, onze ware ik kunnen begluren. We lachen om onszelf, we huilen om onszelf, we schamen ons voor onszelf. In films zijn we de gestileerde uitvergroting van een fantasie. Ook leuk bij tijd en wijle, maar inferieur aan de waarheid die de reclame ons opdringt.'

'Dolf, reclames behoren tot de meest infantiele drugs, waarmee mensen zich in slaap laten wiegen. Ze programmeren ons, zoals ik de robots op het instituut programmeer. Ik vertel ze waar ze heen moeten rijden, en iedere keer ontroert hun suggestie van autonomie me weer. Dat is geen blik op onze achterkant, dat is een gemanipuleerde prikkeling van onze onderbuik.'

Haye vouwde de tekeningen dicht, legde de drie brieven erop en schoof het stapeltje naar me toe.

'Morgenochtend kom ik je wel ophalen hier, dan zullen we eens echt aan het werk gaan.'

4

Haye woonde buiten het dorp. Een wit laag huisje, aan de voorzijde begrensd door een weg en het kanaal, aan de achterzijde gekleineerd door langgerekte weilanden die geen einde leken te hebben. Als ze indertijd de sluis hadden opengezet, was mijn grootvader wellicht voorbij dit huis komen drijven.

De zon scheen. Ik stond bij de achterdeur, terwijl Haye nog iets uit zijn auto pakte. Ik keek naar de weilanden die aan de horizon oplosten in een wazige twijfel tussen land en lucht. De zon warmde me op. Te snel kwam Haye terug en ging voor mij het huis binnen.

We liepen een schuurtje in waarin een werkbank stond. Tegen de muur hing een racefiets, de banden waren leeg.

'Rond 1900 woonde hier een boerenknecht met zijn gezin. In dit hok hielden ze een koe. Toen ik het kocht heb ik in de hoeken nog stro gevonden.'

We gingen een andere deur door. De gang die we betraden lag iets hoger dan de vloer van de schuur. Licht viel door een raam in de zijwand. Kurt Gödel lachte me minzaam toe. Zijn portret hing naast de kapstok. Er hing één jas, een gele regenjas. Ik hing mijn jas ernaast. Haye liep door naar wat de huiskamer moest zijn. Toen ik binnenkwam trok hij de gordijnen open. Er hing een muffe, vochtige lucht.

'Ga zitten, ik maak een bak koffie.'

De zon tekende de contouren van het huis uit op de weg die er voorlangs liep. De wind leek zilverkleurige snippers over het water van het kanaal heen te blazen. Er tikte een klok. In de hoek van de kamer stond een vitrine, met daarin apparaatjes van meccano. Sommige leken op poppetjes.

We dronken koffie. Haye vroeg of ik de tekeningen bij me had. Ik gaf hem het pak papier. Ik had er niet meer naar gekeken. Hij vouwde de tekeningen open op de salontafel die voor de bank stond.

De toestand van ons gesprek in Het Wapen had zich bestendigd. Er was een werkelijkheid waaraan ik geen deel had. Haye liep erin rond. Haye scharrelde spullen bij elkaar die hij nodig had om de zender/ontvanger te bouwen. Ik volgde hem, pakte de dingen aan die hij me aanreikte. Ik luisterde naar zijn uitleg, maar onderwijl drong er zich meer en meer een andere werkelijkheid aan mij op. Donkerder, somberder ook in zekere zin, bevolkt door levenden en doden tegelijk.

'De essentie van de ontvanger die we bouwen, zit hem in een potloodpunt die tegen een stukje lood aangeduwd wordt. Dat noemen ze de kristaldetector. De beeldspraak dringt zich op, niet? De stem die zich door middel van elektromagnetische golven door de ether perst, krast zijn woorden met een potloodpunt in het zachte lood. Zijn beeldspraken uitingen van geestelijke luiheid, opnieuw te gebruiken zo vaak het kan? Is het de armoede van ons denken dat we overal dezelfde patronen in zien? Toen ze mij ooit de beginselen van de elektriciteitsleer uitlegden, deden ze dat door middel van modellen van waterstroming. Het verwarde me. Waarom zou elektriciteit zich op dezelfde manier gedragen als water? Werd ons geen zand in de ogen gestrooid door de term *stroom*?'

Het water dat door het kanaal stroomde, overdekt met zilverkleurige snippers. Het zou mijn grootvader meegevoerd hebben als ze die sluisdeuren hadden opengezet. Ik zag voor me hoe zijn pantoffelneuzen door het geribbelde wateroppervlak omhoogstaken. Zocht hij de laagste spanning op? Was de sluis een condensator, die zich vulde en leegde op de gestage stroom van de uitlaat? Had de sluis de schommelingen van mijn grootvaders leven gedempt?

'Metaforen zijn gevaarlijk. Ik heb mezelf ooit eens bijna geëlektrocuteerd omdat ik dacht dat stroom hetzelfde was als water. Ik had een stekker in het stopcontact gestopt en hield de stroomdraad tussen mijn vingers. Hoog boven mijn hoofd tilde ik de draad, veel hoger dan het stopcontact. Ik was er van overtuigd dat er geen elektriciteit kon stromen van laag naar hoog.'

In zijn schuur soldeerde hij elementen aan elkaar. Elementen die hij me aanwees op de tekeningen van mijn grootvader. Plechtig drukte hij de potloodpunt en het stukje lood tussen een klem.

Op de tweede avond van mijn verblijf in zijn huis – ik sliep in een logeerkamer boven de schuur – vertelde Haye dat hij aan een boek werkte. Aarzelend had hij naar de woorden gezocht, en toen het eruit was volgde een lange stilte. Ik vroeg hem of het iets met zijn werk te maken had. Hij schudde zijn hoofd, nam een slok bier.

'Misschien wel, eigenlijk, maar het gaat niet over mijn werk.'

Weer een stilte. Er reed een auto voor het huis langs. Geel licht tegen de zwarte achtergrond dat werd uitgesmeerd door de snelheid van de auto, zoals een druppel op het glas wordt uitgesmeerd door de wind. Haye stond op en ging de kamer uit. Hij kwam terug met een kartonnen doos en zette die op de tafel voor ons. Ik vroeg of het een roman was. Hij keek me verschrikt aan.

'Een roman? Jezus, nee, dat is meer iets voor Dolf. Ik haat verzinsels. De schrijver verhoudt zich tot de psycholoog of de socioloog, zoals de journalist tot de historicus. Lui volk, welbeschouwd. Te beroerd om het echt uit te zoeken en daarom verzinnen ze maar wat. Nee, wat ik schrijf gaat over de werkelijkheid, over Vaucanson.'

Hij zei het triomfantelijk, alsof die naam iedere verdere discussie overbodig maakte. Ik begreep niet direct wie hij bedoelde. Vaucanson, dat had iets te maken met La Mettrie, met het strand van St. Malo waar ik achter wat rotsen gezeten wijn had gedronken, met de angst voor het spreken, met de herinnering aan Vincent. Vincent uiteindelijk weer.

Haye legde uit, terwijl hij papieren – foto's, aantekeningen, kopieën uit boeken, zelfgemaakte tekeningen – naar me toeschoof.

'Vaucanson was de zoon van een handschoenmaker. Dit is essentieel. Een handschoenmaker – net als een schoenmaker, een pruikenmaker of een opticien, trouwens – probeert heimelijk iets na te maken dat God heeft bedacht, maar dan beter. In het geval van de handschoenmaker gaat het hierbij om de huid. Net zo nauwsluitend om de vingers, welvend over de muis, maar veel beter beschermend tegen de kou. Het heeft iets blasfemisch. Ik snap niet dat het dragen van handschoenen nooit is verboden door de paus.'

Hij liet me een tekening zien van een fluitspelende man die op een sokkel zat.

'De mechanische fluitspeler. Gemaakt nog voor hij goed en wel dertig was. Hierin toont hij zijn genialiteit. Mindere geesten hadden hun talent verkwist aan het construeren van een auto of een trein, uitbreidingen van onze domme fysieke mogelijkheden. Vaucanson koos voor het mechaniseren van het musiceren, een vaardigheid waarvan toch over het algemeen wordt aangenomen dat er, als het al geen Goddelijke inspiratie is, dan toch zeker *esprit* voor nodig is. Geen compromissen, gelijk doorstoten tot het hart van de zaak. Voltaire en La Mettrie noemden hem niet voor niets de nieuwe Prometheus.'

Hij schoof me andere tekeningen toe waarop de inwendi-

ge constructie van de mechanische fluitspeler stond afgebeeld. Ze deden me denken aan de bijbel.

'Naar verluidt was het niet van echt te onderscheiden.
Het was alsof er een virtuoos stond te blazen, en dat alles
door middel van een ingenieuze constructie van slangen,
kleppen, blaasbalgen, staaldraden en tandwielen. Domme
materie tot leven gewekt. Ik beschouw hem als de grondleg-
ger van mijn vakgebied.'

Haye leunde achterover in de zachte bank, sloot zijn ogen
en dronk van het donkere bier.

'En die fluitspeler was nog niet eens zijn grootste mees-
terwerk. Toen de interesse voor het fluitende apparaat wat
begon terug te lopen, haalde hij iets uit de kast dat hij al eerder had gemaakt. Het was een vretende en schijtende eend.
Gemaakt van goud geplatineerd koper, op ware grootte. Het
beest verzwolg aangeboden voedsel en scheet even later het
residu uit. Geniaal. Kijk, fluitspelen heeft nog een zeker nut.
Sommige mensen houden ervan. Maar waarom zou een apparaat voedsel verteren, als het niet in staat is er energie aan
te ontrekken? Volgens de beschrijvingen liep het ding op de
energie van een opgedraaide veer. Dat verteren was volsla-
gen nutteloos.'

Hij liet me een foto zien van een sprietige vogel, met gespreide vleugels. Het ding stond op een skelet van houten
balkjes. Binnenin toonde zich een mechaniek dat voornamelijk uit een grote cilinder leek te bestaan.

'Vaucanson verkocht zijn vindingen ergens in 1741. De
eend kwam via wat omwegen terecht bij een Duitse hoogle-
raar in de filosofie en de geneeskunde, ene Bereis. Dat moet
een vreemde kwast geweest zijn. Hij stouwde zijn huis vol
met rariteiten, waaronder Vaucansons schijtende eend. In
1805 kwam Goethe bij hem op bezoek om zijn spulletjes te
bekijken. De vogel was verworden tot een skelet zonder ve-
ren, nog wel in staat tot het innemen van voedsel, maar onmachtig om te schijten. In 1809 ging Bereis dood en zijn

erfgenamen probeerden de eend te verkopen aan Napoleon, die eerder al eens interesse had getoond. De verkoop ging niet door. In 1879 schijnt de eend tentoongesteld te zijn in een museum in Krakau. In datzelfde jaar fikte het museum af en de eend ging verloren.'

Hij vouwde een groot papier open waarop allerlei tekeningen stonden.

'Op basis van de informatie die ik heb gevonden, probeer ik de eend te reconstrueren. Ik schiet al aardig op, hoewel het niet meevalt om de vertering te simuleren door uitsluitend gebruik te maken van mechanische principes. Ik ga er tenminste vanuit dat Vaucanson geen chemische trucs toepaste in zijn eend.'

Hij stond op en liep naar de cd-speler. Elvis Costello. De lange weg naar Noorwegen drong zich aan me op, met het tegen me aangezakte lichaam van Martin. *It's getting mighty crowded.* Dat lied zong ik toen we door het kale land wandelden. Martin begeleidde me met zijn hoesten. Zijn dood zong mee. Ik huiverde. Zoals ik huiverde van de tekeningen die Haye me liet zien. Ze waren de spiegel waarin ik al jaren keek en keer op keer Vincents gezicht zag: vertrokken, verwijtend.

Op de vierde dag van mijn verblijf bij Haye stonden we in zijn langgerekte achtertuin. De wind was zacht. De geur van koeienstront, de geur van de lente. In mijn jaszak had ik het apparaat dat Haye me had gegeven, in mijn hand een telefoonhoorn waarvan de gedraaide draad met het ding in mijn jaszak verbonden was.

Er moest getest worden.

Haye liep van me weg, in de richting van de enige boom in zijn tuin. Nog zonder blad, helde de boom over de smalle sloot die Haye's tuin scheidde van de weilanden erachter. In de kruin zaten vier of vijf zwarte vogels die een krassend geluid voortbrachten.

'Als ik mijn vinger opsteek moet je iets in de hoorn zeggen.'

Ik keek naar hem, naar zijn gebogen lichaam dat zich schokkerig door het lange gras duwde. De hoorn drukte hij tegen zijn oor in afwachting van mijn stem. Bij de boom gekomen draaide hij zich om en stak zijn vinger omhoog. Ik riep 'Hallo' in de hoorn, meerdere malen achter elkaar, als een zwakke echo van mijn grootvader. Haye bleef voorovergebogen staan. Mijn hoorn bleef dood, er klonk zelfs geen gekraak. Ik riep nog maar eens.

De zwarte vogels in de boom leken te antwoorden. Hun geroep was krakerig als een stem over een slechte lijn.

Donkere wolken stonden hoog boven de weilanden die zich strekten achter zijn kromme gestalte. Ze leken de ruimte nog verder op te rekken. Haye, die zenuwachtig voor de boom heen en weer liep, leek er door te krimpen. Zo had ik Vincent ooit gezien. Tijdens een van onze bezoekjes aan tante Jans waren we tegen de avond de weilanden ingegaan. Een stille dag, weinig wind, een afscheid van de zomer, met vochtige kilte en een vale avondzon. Het zal half september zijn geweest. We renden door de weilanden. Al die ruimte na de volgestouwde vierkante meters in de achterkamer van tante Jans, die zich in de loop van de dag had gevuld met de blauwgrijze rook van mijn vaders, mijn moeders en tante Jans' sigaretten, het maakte me duizelig. Vincent rende sneller. Hij verwijderde zich, gestrekte stap na stap. Ik raakte buiten adem en bleef staan, voorovergebogen met de handen op mijn knieën en een scherpe pijn in mijn longen. Toen ik opkeek, zag ik in de verte Vincent staan: een gekromde, zwarte gestalte, uitgesneden in de lucht die met grijze wolken was volgestroomd.

Plotseling sprong Haye op. Hij trok het apparaat dat hij, net als ik, in zijn jaszak had gedaan, omhoog en gooide het met hoorn en al weg. Ik zag rook. Zijn jas rookte. Een kronkelende sliert, die uiteengeslagen door zijn wilde bewegen een weg omhoog zocht. Haye trok zijn jas uit, gooide die op de grond en begon erop te trappen. Ik rende naar hem toe.

'Verdomme, die batterij deugt niet! Voltage te hoog, maar ik dacht dat het wel kon.'

Hij hijgde van het trappen op het vuur. De vogels waren uit de boom verdwenen.

'Ik moet oorspronkelijk materiaal hebben, anders kunnen we niets bewijzen. We gaan naar Edo in Groningen.'

Die middag reden we weer in de oranje Daf naar Groningen. Haye nam me mee naar een kleine winkel, die verrassend diep bleek. Ergens halverwege de met elektronica volgestouwde smalle ruimte kwamen we een man tegen, met een wit sponsachtig gezicht. Hij stelde zich voor als Edo.

Haye haalde de kastjes met telefoonhoorns – resultaat, restant? – uit de plastic zak waarin hij ze vervoerd had en legde ze op een werkbank die voor de winkelruit was geschoven. Het was de enige plek met goed licht. Haye en Edo bogen zich over de spullen. Ik hoorde hen de onderdelen benoemen. Uit zijn binnenzak haalde Haye de tekeningen. Hun vingers schoven over het uitgelegde papier, alsof ze mijn grootvaders getekende gedachten eraf wilden schrapen.

De gebogen ruggen vormden een schild waarmee de twee mij afweerden. De geheimtaal van de elektronica, waarin ze met elkaar spraken, deed de rest.

Ik liep naar achteren, de donkere ruimte in. Aan weerszijden stonden kasten, volgestouwd met elektronica: stoffige radio's, printplaten vol met glimmende radiobuizen, elektromotoren waaruit sprietige draden staken, relais, pick-upspelers, telefoontoestellen, enzovoorts. Naarmate ik verder naar achteren liep werd het donkerder. Een peertje aan een kromme draad kwam niet verder dan het oplichten van de omtrekken. Ik kon niet meer uitmaken wat het allemaal was.

De geur was die van de bijbel. Alsof ik was binnengetreden in de platte wereld waarnaar ik avond aan avond van bovenaf had zitten kijken. Rondom mij hadden de krullerige ontwerpen van mijn grootvader vorm gekregen. In het zwakke licht meende ik ze te herkennen. Als ik me vooroverboog naar een kast om een voorwerp beter te kunnen bekijken, wierp ik een vaag omlijnde schaduw vooruit. Een Tantaluskwelling, mijn zoekende blik verduisterde zichzelf. Als een blinde stak ik mijn handen vooruit en probeerde te voelen wat ik niet kon zien.

Hard materiaal, buigzame draden. Ik sneed me aan iets scherps. Door een onzichtbaar gat waaide koude, vochtige lucht. Het bos, mijn adem zou een dampende sliert worden, nauwelijks verlicht door de zwakke lamp.

Ik raakte in paniek. De duisternis, de spullen om me heen, ze leken op mijn borst te drukken. Ik kon geen adem meer halen. Ik wilde iets van me afduwen. In het donker stond ik als een idioot in de zwarte lucht te slaan. Ik rende naar voren en weer terug. De kasten helden voorover. Ze zouden me vermorzelen. Steeds dichterbij kwamen ze, in een versnellende beweging, alsof mijn vader de map met tekeningen met een klap dichtsloeg.

Uiteindelijk vond ik een deur. Die bood toegang tot een klein plaatsje. Verstoken van zon op ieder tijdstip, had het zich geschikt in een permanente herfst. Bemoste tegels, zo vochtig dat ze nooit zouden opdrogen, in de hoeken opgewaaide bladeren en één kale struik. Ik was opeens doodmoe. Nog steeds had ik het benauwd, mijn ademhaling leek op hol geslagen. Ik ging zitten op een plastic tuinstoel, mijn hoofd in mijn handen.

Ik geloof niet dat Haye en Edo mijn afwezigheid hadden opgemerkt. Toen ik, weer tot rust, bij hen terugkwam, reageerden ze alsof ik de hele tijd achter hen had gestaan.

Op de terugweg vertelde Haye dat Edo een paar onderdelen had geleverd die uit de jaren twintig kwamen, waaronder zelfs twee batterijen. Het was ze nog gelukt die krengen op te laden ook!

Buiten begon de avond te vallen. De vermoeidheid, die wel een verdoving leek, was gebleven, erger geworden zelfs.

Haye verdween in zijn werkplaats.

'Nog een paar kleine dingetjes, dan testen we opnieuw.'

Ik bleef buiten in de vroege avond, die nog licht kleurde aan de horizon. De frisse lucht die vanuit de weilanden aanwaaide, wekte me niet op maar dreef me verder weg. Haye met zijn zenders, mijn promotieonderzoek, Bavinck, ze maakten zich van me los. Of nee, ikzelf had me losgemaakt, ik was aan hen ontsnapt en dreef nu in een toestand van berusting hoog boven hun gewriemel. Berusting in wat, eigenlijk? Ik wist het niet. In het dichtslaan van de bijbel wellicht, die me bijna gesmoord had, of in de mislukking van mijn onderzoek, of misschien zelfs in het definitieve verlies van Vincent, mijn vader en mijn grootvader. De drie-eenheid die zich zo lang rondom mij had geschaard, in een kring waarvan ik het middelpunt vormde, gesloten door verstrengelde handen. Ze draaiden rond, zoals kinderen in sommige spelletjes. Ik was de gevangene.

'We zijn zover, de boel is weer aan elkaar gesoldeerd.'

Haye liep de tuin in. Ik liep achter hem aan en huiverde. Hij gaf me een telefoonhoorn met kastje. Ik hield beide in mijn handen, terwijl ik toekeek hoe hij van me wegliep. De boom was een zwart silhouet dat sprietige vingers naar de schemerige lucht uitstrekte. Ook van Haye bleef nog slechts een omtrek over. Ik zag hem wel zijn hand opsteken.

En ik hoorde zijn stem, niet door de avondlucht gedragen, maar door elektriciteit die bij zijn mond werd opgewekt en zich bij mijn oor ontlaadde. Ik zei iets terug en hoorde zijn opgewonden gejuich, zowel door de lucht als door de hoorn. Hij kwam mijn kant oprennen.

'Het werkt! Het is ons gelukt! Je grootvader was een genie,

zijn tijd ver vooruit volgens Edo. Jezus, wat is dit mooi! We hebben verbinding!'

Hij danste, sloeg me op mijn schouders, zong en ouwehoerde door de hoorn die hij tegen zijn mond gedrukt hield.

In huis moest het succes gevierd worden. Hij was zo uitgelaten dat hij mijn afwezige houding niet opmerkte. Elvis Costello ging weer op, 'Girls Talk', op volle sterkte. Hij schonk donker bier in grote glazen, proostte en dronk het zijne in een paar slokken leeg. Het geelbruine schuim bleef in zijn snor hangen en weer vergat hij het eruit te vegen. Nieuw bier werd aangerukt, nog voordat ik twee slokken had kunnen nemen.

'Volgens mij was die ouwe opa van jou Gödels gelijke, een grote geest. Hij had een zender/ontvanger ontworpen die op lage spanning werkte. De gangbare ontwerpen van ontvangers in die tijd, bijvoorbeeld die gebouwd werden volgens het Koomans-schema, hadden een voeding van minstens 150 Volt nodig. Die ouwe had de essentie van de mobiele telefonie te pakken. Verdomme, als dat toen ontdekt was.'

Het bier stookte zijn enthousiasme verder op. Het maakte hem ook aanhankelijk. Hij raakte me aan, gaf zijn woorden kracht door een duw, een aai, een vertrouwelijk knijpen. Ik probeerde buiten zijn bereik te komen door achteruit te schuiven, maar hij schoof mee. Uiteindelijk zaten we in de hoek van de bank. Costello zong dat 'losing you' slechts een 'memory' was, en ik verlangde naar het zwarte buiten dat zich achter de ramen ophield.

Na het vierde glas bier stond hij op. Hij liep de woonkamer uit, onvast, maar dat kan ook mijn blik geweest zijn. Bruce Springsteen zong 'Atlantic City'. Ik had het gevoel dat ik moest weggaan, terug naar Het Wapen. Morgen zou ik mijn spullen pakken en terugkeren naar huis. Het was genoeg: mislukt, gelukt, vruchteloos.

Well now everything dies baby that's a fact. But maybe every-thing that dies someday comes back.

Plotseling stond Haye weer in de kamer. Naakt, zijn hoofd omlaag. Zijn smalle, witte lichaam was ook iets voorovergebogen. Het enige wat rechtop stond was zijn geslacht.

Ik schoot omhoog en liep achteruit. Mijn reactie verwarde hem. Hij schuifelde achteruit, terug naar de deur die hij net had gesloten. Het liet me de ruimte om door de andere deur de gang in te schieten. Ik graaide mijn jas van de kapstok – Gödels alwetende glimlach achter me – en rende het huis uit.

Ik rende de rechte weg langs het kanaal af. In de verte zag ik de lichten van het dorp. Oranje straatverlichting die de lucht kleurde. De maan weerkaatste in het gladde water. Pas bij het eerste huis ging ik gewoon lopen.

Ik sloeg hoeken om, liep door straten die werden ingesloten door verlichte huiskamerramen, passeerde mensen die ik niet kende, trapte vol in een hondendrol waardoor mijn rechtervoet doorgleed en ik bijna viel. Ik moest in Jollum zijn, maar niets kwam me bekend voor. Zoals we vroeger in de klas van tafeltje moesten wisselen, en de wereld veranderd leek, zo had Jollum zich gereorganiseerd. Ik was de vreemdeling die ik hoorde te zijn.

De sluis doemde op, de waterige grafkist van mijn grootvader, de uitgang van het doolhof waarin ik had rondgerend. Ik ging op de bank zitten, kijkend naar het zwarte water dat onzichtbaar was op een enkel licht na dat er in weerspiegelde. Je erin laten zakken, het koude water dat je lichaam omklemt, als de hand van iemand die van buiten komt. Ondergedompeld in het zwarte nat verdrinkt al het leven. Het schijnt niet eens onaangenaam te zijn: hallucinaties, warme waanbeelden, berustende ontspanning.

Ik stond op en liep naar de rand van de sluis. Het was een sprongetje van niks, een beweging die ik al een miljoen keer had geoefend.

Ik sprong niet. Uiteindelijk liep ik de bekende weg terug. De lichten van Het Wapen nodigden uit. Het voelde bijna als thuiskomen. Bij de receptie stond de rossige jongen. Hij groette alsof ik nog die ochtend in de ontbijtzaal had gezeten. Mijn sleutel stak hij me toe met een geroutineerd gebaar.

'Twee berichten voor u. Nee, drie berichten.'

Hij schoof me drie briefjes toe. Op een ervan stond de naam van Bavinck. 'Zo snel mogelijk terugbellen,' luidde de boodschap. De twee andere waren van Dolf. Op één briefje stond alleen een telefoonnummer, met de mededeling dat ik moest terugbellen. Spoed. Het andere briefje had als boodschap: 'Morgenochtend om negen uur klaarstaan, kom je halen voor rapportage.'

5

Dolf kwam me halen. Toen ik een boterham smeerde met de harde boter die Het Wapen bij het ontbijt serveerde, zag ik hem door de deur op me aflopen.

'Donderju, zit hij nog op zijn dooie gemak te kanen!'

Hij ging tegenover me zitten en pakte een geroosterde witte boterham uit het mandje dat op tafel stond.

'Grote dag, jongen. Vandaag gaan we je onsterfelijk maken in *De Stellingse Courant*.'

Mijn tas stond ingepakt op mijn kamer. Ik had na het ontbijt willen afrekenen en vertrekken. Het was pas half negen, ik dacht nog een half uur speling te hebben.

'Ik ben wat vroeger gekomen want we moeten nog naar de krant rijden. Stamper verwacht ons daar om negen uur.'

Mijn kans om te ontsnappen was verkeken. Ik duwde boterklonten tussen de oprollende stukken brood. Bedachtzaam nam ik een hap. Bavinck had ik niet gebeld. Hij zou woedend zijn. Ontslag was wel het minste dat mij boven het hoofd hing. Het was een reden die ik zou kunnen aandragen voor mijn weigering om met Dolf mee te gaan. Maar ik weigerde niet. Ik slikte het brood weg, dronk mijn koffie en liep achter de zacht neuriënde Dolf Het Wapen uit. De zon scheen. De steenrode kerk zag er, zo opgelicht, vrolijk uit. Een zachte wind dreef de zoete geur van koeienmest aan.

Stamper zat achter zijn bureau met zijn voeten op tafel. Hij rookte een sigaar, maar had het raam opengezet waardoor het toch fris rook. Zijn tenen wiebelden in grote zwarte sokken. Hij keek er peinzend naar.

'Ah, de heren zijn er. Douwe komt wat later.'

Dolf knikte. Hij wist wie Douwe was. Ik keek door het open raam naar buiten. Aan de overkant zag ik de donkere ramen van het restaurant waar we een paar dagen geleden hadden geluncht.

'Ik heb onze onvolprezen mevrouw Steenstra weer eens het archief ingejaagd om dat krantenstukje op te zoeken waarover je het had, maar ze kon niks vinden. Je moet het me toch eens laten zien.'

Stamper nam een trek van zijn sigaar en blies blauwwitte rook de ruimte in. Het uitgescheurde krantenartikel zat in mijn portemonnee, netjes opgevouwen. Vluchten, door het open raam springen en dan de lange weg naar Jollum afrennen. Het was een gedachte die in me opkwam zonder enige opwinding. Je kunt je onbereikbare plaatsen voorstellen, wereldschokkende prestaties, en zelfs doden kun je in gedachten weer tot leven wekken, maar er is een subtiele overgang tussen het mogelijke en het onmogelijke, die, eenmaal gepasseerd, bij zo'n gedachte ieder gevoel uitschakelt.

'Wat is ons masterplan, Dolf?'

'We gaan eerst naar het bos van de experimenten. Daarna gaan we naar de sluis waar zijn grootvader zich heeft verdronken.'

'We hebben vier foto's nodig, hebben we dan genoeg plekken die we bezoeken?'

'Welja, in dat bos maken we een paar suggestieve plaatjes en bij die sluis donderen we Ytze er gewoon in. Garantie voor succes.'

Dolf lachte, Stamper keek peinzend naar zijn wiebelende tenen.

'Ik heb het. Ome Jarig, is ergens in de tachtig en woont al

heel zijn leven in Jollum. Het is zeer voorstelbaar dat hij indertijd bij die experimenten aanwezig was. Er waren toch anderen bij, niet?'

Ik knikte. Buiten reed een auto voorbij en toeterde. Op de gang werd gelachen. Mijn handen lagen gevoelloos op mijn bovenbenen.

Bavinck zou weer proberen te bellen en een boodschap achterlaten, die ik onbeantwoord zou laten. Vincent en mijn grootvader waren dood en lachten ongetwijfeld om de wijze waarop ik hun schimmen najoeg. Martin, ook dood, schudde slechts zijn hoofd en vloekte. Vanuit de hemel in mijn hoofd keken de doden op me neer.

'Prachtig, we voeren ome Jarig op als ooggetuige. Dat geeft het verhaal wat meer vlees.'

Stamper zakte tevreden nog verder achteruit. Zijn tenen hield hij stil. Dolf leek nog niet helemaal overtuigd.

'Ik vind het een risico. De hele buurt kent die vent. Dat verhaal zouden ze dan toch allang een keer gehoord hebben.'

'Ben je gek. Jij kent ome Jarig nog niet. Het is gemakkelijker een varken schaken te leren dan met die man een normaal gesprek te voeren. Daarbij is hij zijn hele leven vrijgezel gebleven, dus veel naasten heeft hij niet.'

'Het is wel mooi voor het verhaal.'

'Het is briljant, Dolfje. Je hebt de pest in dat je het niet zelf hebt verzonnen.'

Stamper sloeg Dolf op zijn schouder en lachte. Mevrouw Steenstra kwam binnen met koffie. Ze was een meisje nog, veel jonger dan ikzelf. Ze schoof een kopje koffie naar me toe zonder me aan te kijken. Op het dienblad, dat ze midden op tafel zette, stonden een melkkannetje en een suikerpot. Witte suikerkorreltjes omkransten de pot en onder het schenktuitje van de melkkan lag een dikke crèmekleurige druppel. Stamper leek nog te veel in beslag genomen door zijn geniale ingeving. Hij zou niet over het krantenstukje beginnen. Plotseling richtte hij zich op en keek naar het weglopende meisje.

'Waar blijft die prutsfotograaf, verdomme?'

Ze zei niets van hem te hebben gehoord.

'Die kan z'n nest weer eens niet uitkomen. Doorgezakt gisteren, waarschijnlijk. Die kerel komt nog eens in de ziektewet omdat hij zijn ogen niet meer open krijgt ten gevolge van overmatig drankgebruik. Alcoholische ooglidzwelling, kortweg AOZ, de beroepsziekte van fotografen.'

Stamper pakte de hoorn van de telefoon en draaide een nummer. In de stilte klonk het gedempte signaal dat het bewijs vormt van het overgaan van een telefoon, ver weg en wellicht ongehoord. Er werd niet opgenomen. Stamper legde op.

'Er zijn twee mogelijkheden: of hij ligt dood in zijn nest – God hebbe zijn ziel, en laat ze hem in godsnaam niet cremeren, want zijn in drank gedrenkte lichaam is een bom – of hij is onderweg.'

Daarop dronken we de koffie en zwegen. Wat was er misgegaan? Ik had hier niet naar toe moeten komen. Jollum was een verlaten plek, tante Jans het laatste levende wezen, en nu lag ze al jaren naast of boven oom Hendrik op de begraafplaats. Wat restte waren levenlozen, mensen zonder leven anders dan het hier en nu. Wat wist ik van Dolf, van Stamper, van Klaske, van Haye? Ik kende hun verleden niet en kon me niets voorstellen bij hun toekomst. Ze waren actualiteit in alle kaalheid die dat woord in zich draagt. Deze twee vetzuchtige mannen die hun koffie slurpten, lucht om te leven opsnoven en weer uitboerden. Het waren mensen, dat wel, maar afkomstig van een andere planeet. Waren ze geboren, gezoogd door een liefhebbende moeder? Of waren ze er plotseling geweest, zoals een zomerstorm? Hun vertrek uit mijn leven zou geen sterven zijn, zoals ik Vincent had zien sterven, of Martin, maar een verdwijnen, zoals woonplaatsen uit mijn leven verdwenen en spullen waaraan ik ooit was gehecht.

De fotograaf, Douwe, zag er inderdaad vernietigd uit. Hij ademde zwaar en hoestte, zich vasthoudend aan Stampers bureau.

'Weer voor een dag uit de dood herrezen, naar ik aanneem? Ik heb je al thuis gebeld, dacht dat je er nu toch echt tussenuit gepiept was. Moet ik Steenstra even bellen voor koffie?'

Douwe schudde zijn hoofd.

'Ik denk dat ik de griep in m'n donder heb. Al dagen werken m'n longen op halve kracht. Ik kom er maar niet vanaf.'

Achter zijn rug zette Stamper een denkbeeldige fles aan zijn mond. Dolf lachte, hetgeen de fotograaf verbaasd deed opkijken.

'Ik ben blij dat je je onder deze omstandigheden toch nog herwaarts hebt weten te slepen: *chapeau*. De gemiddeld ruggengraatloze slapdonder zou hebben afgebeld, maar jij zit hier toch maar mooi.'

Stamper dronk zijn kopje koffie leeg en stond op.

'Aan de slag dan maar. We gaan d'r op uit.'

Over het weiland waar we langsreden vloog een zwerm vogels. Witgrijze punten die zich tot een golvend scherm aaneenvoegden. Her en der in het veld markeerden houtwallen grenzen die voor het grootste deel denkbeeldig waren. Een boer stond in een blauwe overall en hoge groene kaplaarzen aan de rand van een sloot. Met een lange stok waaraan een haaks gebogen vork zat, trok hij modder de kant op.

Ik kon nu de autodeur opengooien. Mijn lichaam zou tegen het donkere asfalt smakken, doorrollen met de snelheid van de auto, en mijn schedel zou breken op de harde ondergrond. Scherp zag ik het bloed voor me dat zou uitstromen over de gele kiezels die in het zwarte asfalt gedrukt zaten.

Ik verlangde naar de dood, hoewel ik niet wist wat ik daarmee precies bedoelde. Ik heb Vincent nooit meer gezien nadat hij in de zachte weidegrond was neergestort. Ik ben op het dak gebleven, met mijn hoofd tussen mijn knieën. Pas na uren kwam iemand naar boven. Omwonenden hadden het vreemde ding in het gras zien liggen en de politie gebeld. Het enige beeld dat ik heb is dat van zijn vrije val, los van de vliegfiets en de onmachtige vleugels van de vliegenierskap die zich uitslaan. Ik zou willen geloven in de naïeve christelijke voorstelling van het hiernamaals, waarin we ongeschonden doorleven, elkaar herkennend en opnieuw beminnend. Mijn grootvader die Vincent heeft gevonden. Zou ik me bij hen mogen voegen?

'Drie man voor jou in touw, dat moet je toch genoegen doen?'

Dolf keek me lachend aan. Ik glimlachte. Iedere beweging kostte moeite. Mijn lippen krulden zich stram en spanden zich trillend.

'Ik heb wat in die oude kranten zitten bladeren en ik heb een kort bericht gevonden over jouw grootvaders sluisdood. Het was een nogal droog stukje moet ik zeggen, waarin zelfs werd gesuggereerd dat je opa gestruikeld was. Waarom niet? In je pyjama en op je sloffen naar de sluis slenteren en dan per ongeluk voorover donderen. Zelfmoord was in die tijd een doodzonde.'

De auto reed door Jollum, we passeerden de sluis en gingen in de richting van het gemeentehuis. In de verte stond de duiventil hoog op zijn palen. Dolf boog zich naar me toe.

'Ik heb ook een gat in de krant ontdekt. Mijn vermoeden is dat een onverlaat er een stuk uit heeft gescheurd.'

Hij kneep me in mijn schouder en ik lachte: ons geheim. Godzijdank reden we net op dat moment het bospad op waar Stamper de auto parkeerde. We waren ter plekke.

Het bos rook als een net geopende kelder: vochtig en beschimmeld. Het gele zand van het pad waarover we liepen, plakte korrelig aan mijn schoenen. Naast het pad liep een diep uitgegraven sloot waarin een laagje bruin water stond.

Tussen de bomen wezen Dolf en Stamper de plaats waar

de experimenten hadden plaatsgevonden. Ze moesten even zoeken – het had iets met de lichtval van doen – voordat ze de juiste plek vonden. Ik moest tegen een boom leunen. Douwe installeerde zijn camera. Hij maakte veel foto's, om me heen draaiend, me vragend naar de lens te kijken, of naar iets in de verte. Weer was ik vastgebonden aan een boom.

Verderop stonden Stamper en Dolf. Ze rookten een sigaar en lachten.

Toen Douwe aangaf genoeg materiaal te hebben, reden we naar de sluis. Het ritueel herhaalde zich. Nu stond ik niet tegen een boom, maar hing voorover boven de sluis. Mijn spiegelbeeld schommelde in het zwarte water. Douwe liet me op het bankje zitten. Hetzelfde bankje waarop ik de vorige avond had gezeten, een sprong in het koude water overwegend. Ik moest zitten op de betonnen rand van de sluis. De kou trok op, de dood die zich langs de gladde sluiswanden omhoog had gewerkt. Ik lachte naar de lens die bleef bewegen, waarschijnlijk zoals ik vanuit het opblaasbadje had gelachen tegen mijn vader. Vincents hand boven mijn hoofd, natte haren tegen mijn schedel geplakt.

Stamper stond tegen zijn auto geleund. Hij belde met iemand. Dolf zat in de auto, zijn benen staken door de geopende deur naar buiten.

Het huis van waaruit mijn grootvader eertijds naar zijn natte sterfbed was vertrokken, was onze volgende stop. Ik had moeite het juiste adres te vinden. Ik zocht naar laaghangende gordijntjes en door planten verduisterde ramen, maar vond een heldere inkijk in een wit en kaal interieur. Een jonge moeder met een kindje op haar arm zwaaide naar me. Ik zwaaide terug en voelde hoe ik rood werd. Douwe ging foto's maken en dirigeerde me van links naar rechts. Hij liet me zelfs het kleine paadje oplopen naar de voordeur. Het kindje, een jongetje, bonkte op het glas en drukte zijn gezicht ertegen. De blik van zijn moeder begon wantrouwend te worden.

Gelukkig was Douwe hier snel tevreden. Nog voor de vrouw naar buiten was gekomen, zaten we weer in de auto, op weg naar ome Jarig.

Het huis van ome Jarig was de hel op aarde. Zware rook hing in de smalle woonkamer. Het was er smoorheet. In de hoek van de ruimte vlamde een gaskachel blauw op. In de vensterbanken stonden ingedroogde planten tussen gordijnen, die zo zwaar waren geworden van het verzamelde vuil dat ze de rail omlaag trokken. Vlakbij de kachel zat een kleine gestalte weggedrukt in een oude stoel. Zijn grijze broek was te kort en liet witte kuiten zien. Hij rookte. Het was alsof zijn gezichtshuid door de rook gelooid was. Kleine oogjes keken ons wantrouwend aan, zoals we achterelkaar de bedompte ruimte binnenkwamen.

'Dag oom, ik ben het: Ron Stamper.'

'Ja, dat zie ik ook wel. Ik ben niet blind.'

'Dit zijn wat vrienden van de krant.'

We knikten. Dolf stak een hand uit die niet werd gedrukt.

'Kijk eens wat ik voor u heb meegebracht.'

Stamper hield de man een kistje sigaren voor.

'Je mot zeker wat van me.'

'We willen een paar foto's van u maken, meer niet.'

De man keek naar de doos die hij in zijn handen gedrukt had gekregen. Hij tilde het deksel op en bracht zijn neus tot dicht bij de sigaren.

'Ze ruiken wel goed, dat scheelt.'

Met zijn rechterhand bracht hij het weer gesloten kistje tot naast zijn gezicht, dat zich in een overdreven glimlach plooide. Hij lachte een verwoest gebit bloot. Zo bleef hij zitten, bewegingloos. We keken naar hem. Mijn ogen begonnen te prikken van de droge, rokerige lucht.

'Wat doet u?'

Stamper boog zich naar de oude man over.

'Ik wacht tot jullie een foto maken.'

'Legt u die sigarendoos dan maar weg. Die hoeft er niet op.'

De man keek verbaasd en liet de doos zakken. Hij keek ernaar alsof aan het ding iets te zien zou zijn dat een verklaring bood.

'Waarom heb je me dit dan gegeven?'

'Rook ze op zou ik zeggen, of stop er een ander gat mee dicht.'

Het laatste deel van de zin mompelde Stamper, die zich geïrriteerd van de man afdraaide en naar het raam liep.

'Frisse planten voor de ramen, oom.'

Hij nam een blad tussen zijn vingers dat bij de aanraking knisperend uiteenviel. Met zijn andere hand gebaarde hij Douwe dat deze op moest schieten met het klaarmaken van zijn camera.

'Als u nou eens uit die stoel komt, dan gaan we buiten een paar mooie plaatjes van u schieten.'

De oude man scheen het niet gehoord te hebben. Hij bleef maar hoofdschuddend naar de doos sigaren kijken. Stamper knikte naar Dolf en samen liepen ze op ome Jarig af. Dolf pakte de sigarendoos en legde deze naast de stoel op de grond. Ze trokken de man omhoog en zetten hem op zijn wankele benen.

'Hé, hola, wat gaan we nou krijgen?'

Weerloos werd hij vervolgens tussen de twee forse lijven in naar buiten geduwd. Douwe en ik volgden. Ik zag dat de mans broek omhoog werd gehouden door een rafelig touw dat niet door alle lusjes was getrokken. Hierdoor ontstonden driehoekige gaten die een doorkijk boden op het goed dat hij eronder droeg. In de gang hesen Stamper en Dolf de man in een zwart jasje, dat met één knoop voor zijn buik werd dichtgemaakt. Buiten werd hij op een bankje gezet dat tegen het huis aan stond.

Douwe fotografeerde. Met snelle bewegingen sprong hij om de zittende figuur heen, die niet veel meer deed dan onverstaanbaar mompelen en proberen op te staan. Het lukte hem niet omhoog te komen. De smalle benen onder de te wijde broek waren teveel gewend geraakt aan het zitten.

Toen Douwe klaar was, stapten we in de auto en reden weg. Dolf keek naar de zittende man, oplichtend in de zon en voor zich uit mompelend.

'Moeten we die man niet even naar binnen brengen?'

'Ben je gek, dat is goed voor hem, een beetje zon en wat frisse lucht. Die sleept zich straks heus wel weer zijn hok in.'

's Middags na de lunch begonnen we aan het artikel. Het was leerzaam voor me volgens Dolf, daarom mocht ik erbij zitten. Dolf zat achter de computer, het toetsenbord op zijn schoot, Stamper liep door de kamer en was aan het woord.

'We hebben vier foto's, daar moeten we omheen schrijven. Allereerst een plaatje van Ytze in het bos, dan een bij de sluis, het huis en tot slot ome Jarig op zijn bankje. Even kijken, de beginzin is belangrijk.

Wie denkt dat uitvinders altijd van elders zijn, kon wel eens bedrogen uitkomen. In 1929 woonde er zo'n uitvinder in ons midden. Onbekend, wellicht, maar daarom nog niet van minder betekenis.'

Dolf typte. Het was een klikken dat opklonk, waarin soms een ritme te ontdekken viel, en wat soms ook niet meer was dan het over elkaar buitelen van puntige geluidjes. Op het scherm verschenen de zwarte letters in een grijswitte rechthoek.

'Uitvinders hebben nazaten. Hiernaast ziet u de kleinzoon van Titus IJben op de plek waar zijn grootvader ooit experimenten deed die de wereld hadden kunnen veranderen.'

Wat zou er gebeuren als mijn vader dit artikel onder ogen kreeg? De kans was niet groot, maar je wist het maar nooit. Hij zou woedend zijn: blasfemie, heiligschennis. Ik kon er niets aan doen. Ik kon Stamper niet stoppen, ik kon Dolfs vingers niet tegenhouden.

'In het najaar van 1929 vonden die experimenten plaats, in het bos rond Jollum. De Stellingse Courant deed er indertijd verslag van, zonder te beseffen dat er zich iets groots aan het afspelen was. Het donkere bos, waaraan wij streekgenoten gewend zijn sinds onze geboorte, vol van geluiden die zich voegen bij de onmenselijkheid van het woud, werd het decor van een proef die zestig jaar te vroeg kwam. Titus IJben, de simpele baanwerker bij de Tramweg Maatschappij, had de mobiele telefoon uitgevonden, zoals die nu gemeengoed is geworden.'

Stamper stak een sigaar op en keek langdurig uit het raam. Er kwam een lange man uit het restaurant aan de overkant van de weg.

'Hadden onze grootouders al kunnen sms-en? Had het bellen in de trein, of op een winderig station, eigenlijk iets van de jaren dertig moeten zijn? Onze traagheid is ons enig excuus. Helaas niet acceptabel voor geesten die op ons vooruitlopen, zoals Titus IJben. Onze bekende en kranige streekgenoot, Jarig Jalles, weet er alles van. Hij was erbij, daar in het bos toen de vinding werd uitgeprobeerd. Levendig haalt Jarig herinneringen op aan die merkwaardige ervaring.

"Die ingenieur was oprecht geïnteresseerd, maar het lukte IJben maar niet die dingen aan de praat te krijgen."

Een ingenieur van de Tramweg Maatschappij woonde de experimenten bij in opdracht van het hoofdkantoor.

"Ik denk dat we IJben niet goed begrepen. We dachten allemaal dat hij een radio-ontvanger had gemaakt en zaten te wachten op een stem uit Hilversum die tot ons zou spreken. Een telefoon in je zak, daar dachten we niet aan."

Jarig Jalles klinkt spijtig als hij dit zegt. Hij denkt wellicht aan de trieste afloop, aan de teleurgestelde IJben die zich uit het bos sleepte en naar de sluis ging waar hij in sprong. Op de avond van het laatste experiment verdronk hij in het koude water van de sluis.'

Ik bracht ertegenin dat het een week later was. En hij kwam niet uit het bos maar uit zijn bed. Zijn nog warme pyjama, zijn pantoffels, en de overjas die hij droeg waren een dekmantel.

'Dat is te moeilijk. Dan komt er teveel psychologie in het verhaal. Het is het mooiste als hij linea recta vanuit het bos naar die sluis is gelopen.'

Het bier tijdens de lunch had me onverschillig gemaakt. Wat maakte het allemaal nog uit?

Een paar honderd meter verderop zaten IJbens vrouw, en zijn zoon van net drie jaar oud, te wachten op zijn thuiskomst. Ze woonden in een van de huisjes langs de tramspoorlijn.

Was IJben een Icarus, die in zijn hoogmoed te dicht bij de zon kwam, of de spreekwoordelijke roepende in de woestijn, waar te weinig oren zijn om gehoord te worden?

Jarig Jalles had misschien wel het antwoord op deze vraag toen hij IJben een "aalscholver in een parkietenkooi" noemde.'

Sacrale stilte, alleen de computer ratelde wat bij het opslaan van Dolfs laatste toevoegingen. Stamper zuchtte, tevreden met zichzelf.

Buiten werd het licht valer, weer een dag. Er was een volle week voorbij gegaan sinds mijn aankomst in Jollum. Twee, uiteindelijk drie dagen had ik gekregen van Bavinck. Ik kon niet meer terug, maar ik had hier ook niets meer te zoeken. De sluis, ik glimlachte om de gedachte. De IJbens die zich als lemmingen in het zwarte water gooien, instinctieve zelfdoding.

'We kijken er over twee dagen nog eens naar, Dolf. Dan hebben we ook de foto's van Douwe en kunnen we de tekst nog wat meer naar de plaatjes toeschrijven.'

Op de terugweg naar Het Wapen zwegen we. Dolf liet de motor draaien terwijl hij mij eruit liet. Zijn warme hand drukte de mijne en hij zei gedag. De volgende dag zouden we elkaar weer zien. Ik knikte. Mijn besef van tijd begon te verdwijnen.

Hij reed weg, langs de kerk, die donkerrood kleurde in

het avondlicht. Doodmoe strompelde ik de stenen trap van Het Wapen op. Tree voor tree, alsof er iets zwaars op mijn schouders drukte. Zo sleepte ik me omhoog. Zweet droop langs mijn voorhoofd. Bovengekomen draaide ik me om naar de kerk. Daarbinnen hadden ze gezeten, mijn opa, zijn vrouw, mijn vader, tante Jans, oom Hendrik. Vroom, schijn-heilig, zich voegend, en onderwijl werkte mijn opa aan zijn ontwerpen, als een Luther aan zijn stellingen. Zijn dood was een doodzonde. Nemen wat God je heeft gegeven, daar staat verdoemenis op. Maar hij had die kerk allang verlaten voor een nieuwe kerk, waarvan ik de voorgangers had beluisterd in Delft, waarvan ik een trouwe kerkganger was geworden.

De rossige jongen gaf mij mijn sleutel. Er waren geen be-richten.

6

Mijn donkere kamer ontving me welwillend. Ik liet me op het bed neervallen. Zachtheid waarin ik wegzakte. In de hoek van de kamer stond mijn tas, ingepakt en wel. Zou ik morgen vertrekken? Ik kon Bavinck zeggen dat iets me had opgehouden en dat ik ter compensatie een paar vakantiedagen zou opnemen. Voor ik het wist zou ik weer bij De Vries op de kamer zitten.

Actie was geboden. Ik zou naar beneden gaan, vast uitchecken zodat ik de volgende ochtend vroeg kon vertrekken, en daarna mijn laatste avondmaaltijd in Het Wapen gebruiken. Als een schaatser die na een misslag zijn evenwicht hervindt – de groeiende zekerheid dat je overeind zult blijven – zo voelde ik me toen ik langs de smalle trap afdaalde.

Ik moest bellen. Bij de receptie zat een kleine witte deurbel geschroefd. Nadat ik op het knopje had gedrukt, klonk ver weg een 'ding-dong'. De rossige jongen kwam aansloffen.

'Ah, mooi dat ik u nog even tref, er was toch een bericht voor u.'

Hij pakte een grote envelop en schoof die naar me toe. Mijn naam stond er in kleine letters opgekrabbeld, precies in het midden van de grote witte rechthoek. Kleine mannetjes die door de sneeuw ploeterden, voorovergebogen. Martin en ik op de Noorse sneeuwhelling, mijn stappen op de maat van zijn hoesten. Van wie was deze handreiking? Was het Bavinck, die een nieuwe poging tot contact deed? Dolf? Mijn ouders?

Het was Haye. De envelop bevatte de tekeningen en de drie brieven die we uit het archief hadden gestolen. Er zat geen briefje bij, maar ik wist dat ze van hem kwamen. Ik had ze niet meegenomen toen ik zo plotseling was weggegaan. Zijn boodschap verschool zich in de kleine, kromme lettertjes waarmee hij mijn naam had opgeschreven. Ik keek er langdurig naar toen ik even later in het restaurant zat.

Glazig gekookte witlofstronkjes, bijeengehouden door verschrompelde en hard geworden sneetjes ham waarop geelbruin gesmolten kaasrasp zat vastgeplakt, werden opgediend, met een karbonade waarvan het vlees zich tot dicht op het bot had teruggetrokken. En natuurlijk een schaal vol bloemige piepers, genoeg voor een heel weeshuis. Ze dachten zeker dat ik overdag zware lichamelijke arbeid verrichtte.

Ik spoelde het weg met een groot glas bier. Alles was onder controle. Ik sneed mijn vlees, bedachtzaam, weloverwogen. De hard geworden stukjes ham sneed ik klein en ik prakte ze met de glibberige witlof en de kruimige aardappels tot een prakje, dat ik aanlengde met de dikke jus. Tot slot veegde ik mijn lippen af met het stijve servet en bestudeerde de bruine veeg die dit op het katoen achterliet.

Ik zou nog een laatste biertje drinken in het café. Mijn grootvader en Vincent waren me ontglipt, maar ik kon ze in alle rust toedrinken. Daar was niets op tegen.

Het café was leeg, op Klaske na. Ze zat aan de leestafel, haar hoofd gebogen over iets dat ze aan het lezen was. Haar haar glom in het licht van de lamp. Ik moest bij haar gaan zitten. Elke andere plek zou als een belediging worden uitgelegd.

'Ytze! Hè, eindelijk gezelschap.'

Ze dronk donker bier uit een bol glas dat op een hoge poot stond. Ik schoof mijn envelop op de tafel en zette mijn halflege glas bier ernaast. Het schuim was ingezakt en plakte, bijna romig, aan het glas.

'Ben je hier al zolang dat je post ontvangt?'

Ik vertelde dat het de tekeningen waren, en de brieven. Als bewijs haalde ik ze uit de envelop. Klaske pakte een van de brieven en begon te lezen. Ricky Lee Jones zong *'Chuck-E's in love'*. Zacht klonk het op vanuit de speakers die bij de bar stonden.

'We zouden nog een keer naar dat bos.'

Ik knikte.

'Wanneer ga je hier eigenlijk weg?'

Ik vertelde haar dat ik net had uitgecheckt en dat ik de volgende ochtend vroeg zou vertrekken. Klaske glimlachte.

'Dan moeten we vanavond naar het bos, toch?'

Zo liep ik voor de tweede keer die dag het zanderige bospad op. De maan scheen, godzijdank, zodat we nog iets zagen. Klaske leek de weg te kennen en liep doelbewust, waarbij ze mijn arm vastpakte. Ik huiverde. We gingen het bos in. Het kon de plek zijn waar ik die ochtend was geweest en leunend tegen een boom was vereeuwigd. Het kon ook een andere wereld zijn, het bos in Drente waar Vincent me aan een boom had vastgebonden.

Takken kraakten onder onze voeten. Dat hoort zo te zijn in een donker bos. Een koude, vochtige bries krulde om de bomen heen. De maan maakte onduidelijke, bleke schaduwen. Klaskes lichaam duwde me voort, stevig en warm.

Toen we stilhielden was het huiveren overgegaan in trillen.

Tijdens een van onze bezoekjes aan tante Jans waren mijn vader en Vincent het bos ingegaan. Ik mocht niet mee. In de achterkamer, waar door sigarettenrook en opwarrelend stof gedragen zonlicht binnenviel, bleef ik achter met mijn moeder en tante Jans. Ik vluchtte uiteindelijk naar de voorraadkelder. De geur van zeep, op sommige plaatsen vermengd met die van koffie, benauwde me ook, en ik besloot ook naar het bos te gaan. Ik vond mijn vader en Vincent, wat op zich een wonder mag heten. Tussen de bomen door zag ik ze zitten, elk op een boomstronk, hand in hand. Het was een warme dag en uit het bos steeg een harsige geur op. Ik zag mijn vader praten maar ik hoorde hem niet.

Was ik hier nu terug? Stond ik op de plek waar zij toen zaten? Was dit de plek waar mijn grootvader indertijd zijn zender had uitgeprobeerd? Had mijn vader Vincent wel verteld van het experiment? Ik had het gevoel dat ik een verboden kamer binnenging. Ik mocht me niet met hen bemoeien.

'Het bos is het mooist als je ligt,' zei Klaske en ze trok me omlaag. Voor ik het wist lagen we naast elkaar op de koude bosgrond. Ik zag de maan tussen de bomen door. Kou kroop mijn kleren in en legde zich tegen mijn lichaam aan.

'Ik ben schuldig.'

Het was eruit voor ik er erg in had.

'Dat klinkt zwaar.'

'Het is ook zwaar.'

Mijn handen woelden rond in gevallen loof, knisperende hardheid afgewisseld met vochtige buigzaamheid. Steeds dieper stak ik mijn vingers tussen de tot aarde verkruimelde bladeren.

Ik vertelde het hele verhaal. Het verhaal dat begon met de bijbel die mijn vader ons had laten zien, en eindigde met de dood van Vincent. Ik zat weer met mijn hoofd tussen mijn knieën op het dak van het pakhuis en ik huilde. Klaske greep mijn hand, die vies was geworden van het graven in de bladeren.

Na het verhaal waren we langdurig stil.

'Toen ik een jaar of acht was, verhuisden we naar de stad. Weg uit Jollum. Ik vond het vreselijk. Nooit meer 's morgens het zachtgroene licht zien dat over de weilanden kwam aanstromen, nooit meer het heiige bos inlopen waar je kon ruiken dat de herfst er zich schuilhield. Mijn vader had een ge-schakelde woning gekocht, van die huizen die van elkaar worden gescheiden door een garage. Mijn kamer was ruim en licht. De kamer van mijn zus was nog groter. Ze hing posters van paarden aan de muur. Zo groot dat je, als het een beetje schemerde in haar kamer, dacht dat er een echt paard stond. Ik kon er niet wennen. De meisjes op school praatten langs me heen, ze speelden spelletjes die ik niet begreep. Er was één jongen, Winfried, die ik wel mocht. Hij verzamelde kikkers en salamanders, die hij in twee glazen bakken op zijn slaapkamer in leven probeerde te houden. Meestal mis-lukte dat en stonden de bakken leeg. Samen gingen we dan in de slootjes in de buurt op zoek naar nieuwe bewoners.'

De kou begon me te verlammen. Zelfs het rillen was op-gehouden. Ik vroeg me af of je kon doodgaan van de kou, ook al vroor het niet. Het vroor ook niet toen mijn grootva-der in de sluis stapte.

'Aan het eind van ons eerste jaar in de stad, was ik op de fiets naar de recreatieplas gegaan die aan de rand van de nieuwbouwwijk lag. Ik was alleen. Winfried kon blijkbaar niet, of hij had geen zin. Ik fietste er wat rond en opeens zag ik mijn vaders auto staan, een rode Simca. Hij zat in de auto, maar niet alleen. Naast hem zat tante Anita, onze overbuur-vrouw. Ze keken naar het water voor hen. Een hele tijd ge-beurde er niets, toen zoenden ze elkaar. De buurvrouw stap-te uit, liep naar haar eigen auto en reed het parkeerterrein af aan de andere kant dan waar ik stond. Mijn vader startte daarop zijn auto, reed achteruit en keerde. Toen hij weg wil-de rijden zag hij me staan.'

Het bos was geluidloos. Alleen de stem van Klaske – ze was begonnen met fluisteren, inmiddels sprak ze alsof er iets te overstemmen viel – klonk op. Ik probeerde of ik mijn benen nog kon bewegen. Mijn voeten schoven knisperend door de bladeren.

'Hij schrok, de lul. Hij stopte en stapte uit. Ik moest in de auto komen. Mijn fiets zette hij op de standaard. Daarna kwam hij naast me zitten. Zo keken we naar het water. Hij verzon allerlei smoesjes, excuses, die zelfs ik met mijn negen jaar gemakkelijk doorzag. Ik wist niet wat ik moest zeggen, dus zei ik maar dat ik het zo verschrikkelijk vond in ons nieuwe huis en dat ik graag naar Jollum terugwilde. Het was echt niet mijn bedoeling, maar hij kwam meteen met de belofte dat we terug zouden gaan, als ik mijn mond zou houden tegen mijn moeder. Hij vond het ook maar niks daar.'

Ik kneep in haar hand. Het was meer een teken van leven dan van mededogen. Ze kneep terug. Ook mijn handen functioneerden nog. De maan was achter wat boomkruinen weggezakt, zodat het nu echt donker was geworden. Donkerder nog dan in de winkel van Edo, maar het verstikte me niet.

'Ik was gelukkig. Terug naar Jollum, weg uit die rotbuurt, weg van die rotschool. Ik hield mijn mond, maar mijn vader ook. Hij kwam er niet meer op terug. Een week later vroeg ik hem ernaar, toen we samen in de garage waren. Hij zei dat het wel goed kwam. Na een maand heb ik het gezegd, tijdens het eten. Het werd het einde van hun huwelijk. Een halfjaar later woonde ik weer in Jollum, samen met mijn moeder en mijn zus.'

Ik stelde dat haar ouders dus door haar toedoen gescheiden waren. 'Nee,' schreeuwde ze, 'het enige dat ik wilde was terug naar Jollum. Ik heb hun huwelijk niet verprutst, net zomin als jij je broer van dat dak hebt geduwd.'

Ik heb mijn hand van het zadel gehaald. Ik heb ruimte voor hem gemaakt. Ik heb hem op gang geholpen. Daarna reed hij rondjes over het platte dak.

'Vliegen, fietsen, vliegen, fietsen.'

We gingen terug naar Het Wapen. We strompelden, ons aan elkaar vasthoudend. In het café, aan de leestafel, kwam een gloeiende warmte opzetten. Mijn wangen, mijn oren, mijn vingers, mijn tenen tintelden. De hete koffie slurpte ik naar binnen zonder te blazen.

'Wat was dat voor jongen, eigenlijk, je broer Vincent?'

Was het zijn naam, die opklonk in een ruimte en tijd waarin hij niet meer thuishoorde? Of waren het de wetten van de fysiologie, die verklaren hoe de afwisseling van kou en warmte tot verwijding van de bloedvaten en daling van de bloeddruk leidt, waarvan duizeligheid het gevolg kan zijn? Ik werd duizelig. Zozeer zelfs, dat ik mij aan het tafelblad moest vastgrijpen om niet van mijn stoel te glijden. Ik sloot mijn ogen en legde mijn hoofd op de tafel, die naar bier stonk. Maar zelfs toen al wist ik dat het niets met zijn naam of met de fysiologie had uit te staan. Het was de vraag. Die directe, en bijna opdringerige vraag, die nog nooit iemand mij – ook ikzelf niet – had gesteld. Wat was Vincent voor een jongen geweest? Terwijl ik tegen het tafelblad aangedrukt lag, drongen de vele kwalificaties die op Vincent van toepassing waren zich aan me op. Ze vulden elkaar aan, spraken elkaar tegen of ontkrachtten elkaar, en toch vormden ze gezamenlijk het antwoord op de vraag. Maar zo onsamenhangend dat Klaske zeker zou denken dat er iets ernstigs met me aan de hand was.

Ik voelde zweetdruppels. En ik voelde de handen van Klaske op mijn schouders, terwijl ze zich over me heen boog en vroeg of ik me niet goed voelde.

Het glas water dat ze voor me haalde bij de bar, hielp. Ik weet het aan de plotselinge warmte na de kou in het bos. Ik probeerde haar bezorgde blik weg te lachen, wat slecht lukte. Toen ik weer van mijn koffie dronk en over mijn onderzoek begon, gewoon om iets te zeggen, stelde ze de vraag weer. Ik kon niet meer vluchten. Zoals ik ooit van een hoge rots af sprong in zee, daartoe gedwongen door twee vakantievriendjes die me naar de rand hadden geduwd, zo liet ik mezelf ondergaan in de woorden die ik sprak. Zonder controle, zonder richting, en bovenal, zonder hoop op een goede afloop.

Ik beschreef Vincent de broer, de held, de vriend, de hufter, de pestkop, de populaire jongen, de spreker in het openbaar, de handige knutselaar, de halfslachtige afnemer van mijn rekenwerk, de dwarskop, de ruziemaker met mijn ouders, het lid van het driespan met mijn vader en grootvader, enzovoorts, enzovoorts. Ik huiverde, stotterde, mijn lippen trokken stijf en trilden. Ik stopte, plotseling, niet omdat het portret af was, maar omdat ik het nog halfgevulde glas water omstootte.

Toen de tafel was drooggemaakt, stelde Klaske voor dat ik met haar mee zou gaan. Ik leek wel ziek, het was beter als ik niet alleen in het hotel bleef. Ik knikte, zonder erover na te denken.

We haalden mijn spullen uit mijn kamer en zeiden de rossige jongen gedag. Het was niet ver. Klaske woonde in een kleine verbouwde boerderij, even buiten het dorp. Het was een erfstuk van haar opa van moeders zijde. Langs een uitgestorven weg liepen we ernaar toe, terwijl ze vertelde hoe ze het verbouwd had – het meeste had ze zelf gedaan. In de tijd van de verbouwing woonde ze met Dolf, in zijn huis, en het was de bedoeling geweest dat ze samen in de verbouwde boerderij waren gaan wonen. Maar na een paar maanden waren ze gek geworden van elkaar, dus woonde ze er nu alleen.

Ik rook de hond voordat hij ons tegemoet kwam. De geur die ik van thuis kende, toen mijn ouders nog een hond hadden. Het was een sint-bernard, kortharig, hoog op de poten, en met afhangende lippen waaraan altijd slijmdraden bungelden. Vincent was de enige die hem in bedwang kon houden.

De hond van Klaske was een labrador, zwartharig. Hij sprong tegen haar op en likte haar uitgestoken hand. Het beest snuffelde wantrouwend aan mijn broekspijpen.

De huiskamer was groot en leeg. Een bank stond midden in de kamer, recht tegenover twee openslaande deuren.

Klaske sloot de gordijnen die voor de deuren hingen. Verder stonden in de kamer een paar beelden, van hout en klei. Geen van de beelden was beschilderd. In de keuken stond een eettafel. Die was nog niet afgeruimd. Een half leeggegeten bord, een schaal met iets wat op pasta leek en een halfvol glas wijn.

Boven de tafel hing een groot schilderij. Het scheen een driekoppig monster uit te beelden. De meest linkse kop was langwerpig en diabolisch rood. Het had één vurig geel oog geopend en het andere leep gesloten. Een smalle witte mond liep schuin omhoog, een valse grijns. De tweede kop, die iets kleiner was en daardoor achter de eerste schuilde, had zwartblauw haar dat in een hitlerlok over het voorhoofd was gekamd. De mond had sterk afhangende hoeken. In de holte van de onderlip lag een figuurtje dat op een foetus leek. De derde kop, weer iets kleiner dan de tweede, was eigenlijk geen kop, maar een grote zwarte vrouwenborst waarin een eierstok en een embryo dreven. Het had een forse, afhangende en erg paarse fallus als nek.

Ik rilde weer. Met een bevende hand pakte ik het glas wijn aan dat ze voor me had ingeschonken.

'Heb je het nog koud.'

Ik knikte, hoewel ik zeker wist dat het niet de kou was.

'Ga maar even in bad, daar word je warm van.'

Ik pakte mijn tas en liep achter haar aan naar de badkamer. Op zoek naar mijn toiletspullen in de volgestouwde tas, vond ik weer de envelop die Haye me had gestuurd. Klaske had hem van de tafel in het café meegenomen en hem mij gegeven op mijn hotelkamer. Ik had overwogen hem in het hotel achter te laten, maar het pakket toch in de tas gepropt. In de badkamer die zich langzaam met waterdamp vulde, schoof ik de tekeningen en de drie brieven uit de grote witte envelop. De brieven waren genummerd.

In een heet bad las ik de eerste brief van Rathenau.

Beste Herman,

Je hebt me inderdaad op expeditie gestuurd. De chauffeur, die je zo aardig was mij uit te lenen, reed me gisteren een gebied in waar de straatverlichting nog moet worden uitgevonden. Het was een prehistorische duisternis die ons omringde. Gelukkig renden er geen wilden de weg op.

Het Wapen van Jollum, waar ik mijn intrek heb genomen, is inderdaad keurig, maar daarmee is alles dan ook wel gezegd. Het eten is er sober, de wijn waterig en de patroon en zijn vrouw zijn stug en boertig. Mijn kamer is rustig en er zijn, geloof ik, niet veel andere gasten.

Het was dan ook een verademing om na het eten kennis te maken met jonkheer Prins, bij wie ik mij heb laten introduceren door jouw vriendelijke brief. Hij was allerhartelijkst. In zijn rookkamer heb ik met hem een goede sigaar gerookt en een beste cognac gedronken. Ik sprak met hem over de zaak IJben. Hij bevestigde het beeld van de kleine fantast, zoals jij mij dat ook hebt meegegeven. Sinds zijn terugkeer uit Duitsland, bemoeit IJben zich met zaken boven zijn macht. De jonkheer stamt af van een van de oude grietmannen en zijn familie speelt hier al eeuwen een belangrijke rol in het streekbestuur. Het gedrag van IJben is een teken des tijds, of een worm die zich in een draagbalk vreet, zoals hij dat zo aardig zegt: De jonkheer verdenkt IJben van sympathie voor de socialistenkliek.

Verder spraken wij over vroeger. Hij was benieuwd hoe wij elkaar hebben leren kennen. Ik heb hem verteld over Delft en over onze studietijd. Het was heerlijk om er weer over te kunnen praten. Hij heeft veel bewondering voor jouw optreden als directeur van de Tramweg Maatschappij.

Ik heb net ontbeten (de koffie is hier wel uitstekend) en zal vandaag die IJben eens opzoeken. Ik ben benieuwd geworden naar deze man, moet ik zeggen.

Vanavond schrijf ik je mijn bevindingen.

Groet, Frits

Ik had de televisie over het hoofd gezien, die in de hoek van de kamer stond. Klaske lag op de bank en keek naar een programma waarin twee mannen door een zonovergoten straat liepen. Ze lachten. Eén riep iets naar iemand die uit een raam hing.

'Het is een film,' zei ze, alsof dat alles verklaarde.

Ze trok haar benen op om plaats te maken. De mannen op de televisie gingen een café binnen. Toen ik zat, voelde ik hoe moe ik was. Het leek alsof er een week voorbij was gegaan sinds ik die ochtend mijn ontbijt had gegeten in Het Wapen. De volgende ochtend zou ik naar huis gaan. Deze zekerheid maakte dat ik me kon overgeven aan de vermoeidheid. De mannen op de televisie zaten nu aan een tafeltje met een andere man, een dikkerd die ruzie zocht. Er werd een stoel omgegooid, een van de mannen sprong op, er klonken schoten. Ome Jarig reed op de vliegfiets door het bos waar ik met Klaske op de grond lag. Dolf lachte en las een krant waarin een gat was geknipt.

Ik werd wakker op de bank. Er lag een dekbed over me heen. Door de gordijnen schemerde ochtendlicht. Ik schoof een van de gordijnen opzij en zag een diepe tuin waarin knoestige fruitbomen stonden. De ochtendzon wierp lange schaduwen.

Terug op de bank las ik de tweede brief van Rathenau.

Beste Herman,

Ik heb IJben ontmoet. In de werkplaats heb ik hem opgezocht en heb ik mijzelf aan hem voorgesteld. Een onafhankelijke onderzoeker uit Delft noemde ik mijzelf, hetgeen indruk maakte naar ik meen. Wij gingen naar buiten om de paar nieuwsgierigen die om ons heen stonden te ontlopen. Daar legde ik uit wat het doel van mijn komst was.

Het is inderdaad een onruststoker. Kleine felle ogen en een bij de mondhoeken weggeschoren snor geven hem iets verontwaar-digds. Hij wantrouwt 'de Heren', zoals hij niet nalaat eenieder te noemen die hij boven zich gesteld weet. Zijn vinding noemt hij consequent 'de redding van de tramlijn', zonder uit te leggen waar-om dat een redding zou zijn, overigens. Je hebt gelijk, er smeult hier arbeidsonrust en IJben doet er alles aan om van dit smeulen vuur te maken.

Zijn wantrouwen heeft ertoe geleid dat hij de ontwerpen van zijn vinding in bewaring heeft gegeven bij het gemeentehuis. Na ons gesprek ben ik naar het gemeentehuis gegaan en heb de teke-ningen opgehaald. Ik stuur ze met deze brief mee.

Vanavond om zeven uur wordt er een experiment uitgevoerd in een nabijgelegen bos. Het moet 's avonds omdat de zender dan beter functioneert volgens IJben. Morgenochtend vertrek ik weer naar Delft. Ik zal je voor ik vertrek nog een kort verslag doen toe-komen van het experiment. Zoals afgesproken, kun jij de man dan volgende week op de hoogte stellen van mijn negatieve oor-deel.

De komende weken ben ik weg, maar daarna neem ik zeker contact met je op om onze oude vriendschap weer nieuw leven in te blazen.

Frits

Ik bleef bij Klaske. Die dag, en de dag daarna, en de dagen daarna. We zaten in de tuin, onder de fruitbomen. De lente-zon warmde ons op.

Samen lazen we het artikel in *De Stellingse Courant*. Jarig Jalles leek te grijnzen op de foto, ik keek verschrikt naar het water van de sluis. Klaske vloekte om de tekst.

Het vrijen hield ons bezig. We stonden ermee op en gin-gen ermee door totdat we in slaap vielen. Tussendoor deden we boodschappen of zaten in de tuin. Op de zesde dag van mijn verblijf bij haar moest ze naar de stad om plannen voor een expositie te bespreken. Ik was alleen in het huis waaraan ik zo wonderlijk snel gewend was geraakt. Alleen met de hond, die nu ook mijn handen likte.

In de tuin, met een warme kop koffie, las ik de laatste brief van Rathenau.

Beste Herman,

Zojuist teruggekeerd uit het bos. Zit nu met een glas wijn in Het Wapen. Het is alleszins gunstig verlopen. De vinding van onze querulant bleek namelijk niet te werken. Een negatief oordeel is dus de enige logische mogelijkheid.

Het was een farce, een tragedie welbeschouwd, die zich in een door fakkels verlicht bos afspeelde. IJben en ik waren niet alleen. Hij had twee kompanen meegebracht, die niet aan mij werden voorgesteld. Een ervan was nog erg jong, nog geen twintig, schat ik. Verder was er een journalist bij, van de lokale krant. IJben stond op zijn aanwezigheid. Hoewel ik eerst bezwaar maakte, heb ik later toch toegestemd. Gezien de afloop van het experiment was dit een goede keus. Nu weet straks iedereen dat deze man een fantast is.

IJben deed erg gewichtig met twee op telefoons gelijkende apparaten. Zijn twee kompanen gingen met een ervan het bos in en wij bleven met de andere bij de plek waar de fakkels stonden. Hij riep in de hoorn en wachtte op antwoord. De lijn was en bleef dood. In zijn onrust ging hij harder roepen, maar het antwoord bleef uit. Na verloop van tijd kwamen de twee mannen terug en verklaarde ik het experiment officieel voor mislukt.

Nogmaals, je aanpak was briljant. Je hebt de man de kans geboden en hij heeft gefaald. Met de sympathie die men hier blijkbaar voor hem voelt, zal het nu wel snel gedaan zijn.

Over een aantal weken neem ik contact met je op.

Frits

7

Ik vergat Bavinck. Ik vergat De Vries, mijn ouders. Soms vergat ik zelfs Vincent.

Klaske werkte aan een beeld. Het was een vrouwenfiguur die ze uit een langwerpige, groenige steen hakte. Ze werkte in haar atelier, in het achterste deel van de boerderij. Haar haar zat in een staart gebonden en ze droeg een skibril. Ik keek naar haar bewegingen die schilfer voor schilfer de vorm uit het steen pelden. Het was een vrouw met lange benen, hangende billen en kleine, recht vooruit staande borsten. Haar gezicht zat nog in de steen verborgen.

David Bowie zong '*It's a god-awfull small affair*' en Klaske lachte terwijl ze hakte. We vreeën op de vloer van het atelier en klopten de steenschilfers van onze kleren. 's Avonds fietsten we naar de stad en gingen naar de film. Perfectie was het juiste woord. Ik was van de wereld gevallen en in het paradijs getuimeld.

Klaske leerde me kijken naar het ochtendlicht. Het kruipt vanuit een boomkruin naar de grond, van oranje naar lichtgroen. 's Avonds trekt het zich in een omgekeerde beweging in de bomen terug. Ze leerde me de duizend en één geluiden horen in de stilte van een bos. We haalden twee emmers vol donkergeel zand uit de bedding van een bossloot. Ze vermengde het met het een of ander, en schilderde er een droevig vergezicht mee.

We gingen niet langer naar Het Wapen. Dolf en Haye zag ik niet meer. Ik keek naar de regen die door de tuin zwierde en wist dat ik gelukkig was.

Op een avond kwam Klaske thuis en vertelde dat ze een ver familielid had gesproken. Het was een man van in de tachtig die onlangs het artikel in *De Stellingse Courant* had gelezen. Hij wist er meer van. Ik moest hem maar eens opzoeken.

Er werd een afspraak geregeld. Niet ver vanwaar Klaske woonde zou hij me ontmoeten, bij een hek dat toegang bood tot een weiland.

Het regende die dag. Motregen. Het vormde een grijs scherm dat zich plooiend over het weiland heen legde. De man stond al bij het hek toen ik aan kwam lopen. Hij droeg een felgele regenjas en op zijn hoofd een zuidwester van dezelfde kleur. Hij stak zijn hand op. Zijn gezicht zag nat van de regen.

'Je lijkt anders niks op je opa.'

Hij duwde het hek open en liep het weiland in. In snel tempo, zijn benen hoog optrekkend, ging hij in de richting van iets wat op een viaduct leek. Een viaduct, hier, zonder wegen. Ik sjokte achter hem aan. De prikkende regen sloeg in mijn gezicht en deed pijn aan mijn ogen. Wie was deze man? Waarom moest ik met hem praten? De zaak IJben was gesloten, oordeel negatief. Klaske, langbenige vrouwen van steen, een driekoppig monster dat me aanstaarde als ik aan de keukentafel at, dát was mijn leven geworden.

De man met de zuidwester liep al ver voor me uit.

Bij het viaduct gekomen draaide hij zich om. Hij had een stok in zijn hand waarmee hij driftige gebaren maakte. Ik zwaaide naar hem. De wereld was grijs en onmetelijk. In de verte zag ik een lichtblauwe ophaalbrug die me op een onverklaarbare wijze droevig stemde. Verloren levens waarvan ik niets meer wilde weten, daar was ik naar op weg.

Ik kwam bij het viaduct, mijn schoenen onder de modder.

'Je moet je voeten optillen, dat riep ik toch! Je kunt wel zien dat je uit de stad komt. Zo loop je over een trottoir, niet door een weiland.'

Het viaduct was uit rood baksteen opgemetseld. Een ronde boog overhuifde een ongebruikte doorgang. Dor gewas, nog van het vorige seizoen, vulde de ruimte op. De oude man tikte met zijn stok tegen de stenen.

'Zeg eens eerlijk, zie jij iets bijzonders?'

Ik keek naar de rode stenen, donker gekleurd door de regen. Waarvoor was dit bedoeld? Aan wie bood dit doorgang?

'Wat doet dat ding hier?'

'Nee, ik bedoel het metselwerk. Zie je iets bijzonders aan het metselwerk?'

Ik zag niets bijzonders. Natte stenen, her en der groen ingekleurd door mosbegroeiing. Ik schudde van nee.

'Dat bedoel ik, vakmanschap laat zich niet verloochenen. Midden in de donkere nacht, ergens in oktober 1929, heb ik tien rijen stenen op elkaar gemetseld. Het graf voor die ingenieur uit Delft. Hij ligt er nog als hij niet is opgestaan.'

De man bleef tegen de stenen tikken met zijn stok. De regen werd heftiger. Ik zag dikke druppels op de gele zuidwester uiteenspatten.

'Ik heb dat waardeloze stukje in de krant gelezen. Ik hoop dat je zelf niet gelooft wat daarin werd verkondigd. Apekool, stinkende leugens, krantentaal. En ik kan het weten. Ik was erbij.'

Ik raakte doorweekt. Koud water stroomde langs mijn naakte lichaam. 'Gods tranen die langs mijn huid druipen,' heb ik ooit iemand horen zeggen. De wind trok aan de klep van de zuidwester. Het dorre gewas in de doorgang van het viaduct wuifde.

'De Tramweg Maatschappij stuurde een ingenieur, met de bedoeling om ons in de hoek te zetten. Het was een arrogante kerel, echt een stedeling. Op voorhand ging hij ervan uit dat IJben niks van waarde bedacht kon hebben. Ik werkte in die tijd als klusjesman voor de Tramweg Maatschappij, en je grootvader vroeg me erbij te zijn toen hij zijn vinding aan de ingenieur demonstreerde. Ik stemde natuurlijk toe. Samen met zijn zwager, de kruidenier Harkema, verleende ik die avond assistentie.'

Ik keek naar wat een tombe bleek te zijn. Hoe kon dit? Ik had zijn laatste brief gelezen, hij zou teruggaan naar Delft.

'Het experiment mislukte. De zenders werkten niet en de ingenieur verklaarde de zaak voor gesloten. Hij ging weg met die journalist. IJben was in alle staten. Hij probeerde van alles en nog wat en uiteindelijk kreeg hij die dingen aan de praat. Met z'n drieën zijn we naar Het Wapen gegaan. IJben ging alleen naar binnen. Na een kwartier of zoiets kwam hij met die kerel naar buiten. Ze hadden woorden. De ingenieur wilde onder geen beding mee terug naar het bos. Hij bleef herhalen dat er niks meer te demonstreren viel. En trouwens hij had zijn verslag al klaar. Uiteindelijk sloeg IJben hem tegen zijn kop. Hij was klein maar sterk, en fel. Die kerel sloeg zo achterover met zijn schedel tegen de stenen. Ik zag gelijk dat het niet goed was. Hij schokte en viel opeens stil. Het was paniek. Geen mens had ons gezien. We trokken die vent naar achteren, waar het donkerder was en Harkema ging z'n bakfiets halen. IJben ging Het Wapen binnen en haalde die kerel z'n spullen op. Hij zei dat hij in allerijl had moeten vertrekken. Met de bakfiets reden we hem naar het viaduct, dat toen in aanbouw was.'

Ondanks de kou gloeide ik. Hetzelfde rillen als in het bos maakte zich van me meester.

'We noemden dit viaduct "Halte 13". Het was namelijk zo smal, dat als je daar uit de tram zou stappen, je naar beneden zou donderen en je nek breken. Het was de bedoeling dat de nieuwe tramlijn er overheen zou lopen. Die lijn is er nooit gekomen. De tramspoorlijn had z'n langste tijd gehad. De bus was sneller en flexibeler. Nou ja, we hebben het ding nog kunnen gebruiken om die vent weg te werken. Ik was er

toen van overtuigd dat we gepakt zouden worden. Maar niks.
Pas maanden later werd er naar hem geïnformeerd. Maar ja,
toen was IJben al dood en de anderen waren de ingenieur
vergeten.'

Hij tikte nog eens tegen de bemoste stenen en draaide
zich toen om.

'Nou ja, nu weet je het. Heel wat anders dan dat gelul in
die krant. Aju.'

Hij stak zijn hand op en liep het weiland weer in, terug
naar het hek. Een gele schim in de aanwaaiende regen.

Daar stond ik, doornat inmiddels. Ik wist niet meer of ik het
koud of warm had. Met mijn rechterhand schoof ik het haar
dat in natte slierten over mijn voorhoofd hing, uit mijn
ogen. Natte plakharen. Het opblaasbad? Er drong zich een
andere gebeurtenis aan me op als een droom, maar ik sliep
niet. Vincent en ik waren in de garage van ons ouderlijk
huis. De schuifdeuren waren dicht, het enige licht kwam
van de TL-buizen aan het betonnen plafond. Zijn haar plakte
in zijn gezicht, hij was drijfnat. Even daarvoor had ik hem de
steiger opgetrokken. De bijna-verdrinking in de onderwaterkamer had hem slap en weerloos gemaakt.

In de garage zat ik op mijn knieën, Vincent lag voor me,
zijn hoofd in mijn schoot gedrukt. Hij huilde, met lange uithalen die overgingen in een gejaagde ademhaling. Rondom
zijn liggende lichaam vormden zich kleine waterplasjes.

'Ik was in de sluis. Ik was godverdomme in de sluis.'

Hij greep me vast en duwde zich tegen me aan. Ik voelde
hoe ik nat werd. Het deed er niet toe. Ik aaide over zijn natte,
plakkerige haren.

Inhoud

Pieter Toussaint bij Uitgeverij Cossee

De brief
Roman

Een Nederlands echtpaar, hun twee kinderen en een geschifte oom komen met hun caravan in een Poolse greppel terecht. Wouter, een van de kinderen, nog geen tien jaar oud, kan de humor van de situatie moeilijk inzien: zijn moeder is al tijden overstuur en vader doet in zijn nervositeit alles fout. Alleen met zijn oom, die altijd een flierefluiter geweest is en over de hele wereld heeft gezworven, kan Wouter goed opschieten. Niet dat het veel helpt. Wouter is meer aan het vallen dan aan het opstaan: halfhartig een koers kiezend die tussen het voorbeeld van zijn ouders en dat van zijn oom heen en weer zwalkt, beweegt hij zich voort in de richting van waar hij ergens zijn toekomst vermoedt.

Pieter Toussaint vertelt humoristisch en indringend over lotsverbondenheid, vriendschap en liefde, over het verlangen ergens bij te horen, bij familie, een vriend of vriendin – en de noodzaak het soms te stellen zonder.

Meer informatie over Pieter Toussaint en de boeken van uitgeverij Cossee vindt u op onze website www.cossee.com